일산 아라리

일산 아라리

초판 1쇄 인쇄	2013년 01월 25일
초판 1쇄 발행	2013년 01월 31일

지은이	문 정 조
펴낸이	손 형 국
펴낸곳	(주)북랩
출판등록	2004. 12. 1(제2012-000051호)
주소	153-786 서울시 금천구 가산디지털 1로 168, 우림라이온스밸리 B동 B113, 114호
홈페이지	www.book.co.kr
전화번호	(02)2026-5777
팩스	(02)2026-5747

ISBN 978-89-98666-07-1 03810

일산 아라리

문정조 감성 에세이

일산의 모든 것이 한눈에 보인다

book Lab

일산 아리리

내 만절(晩節)을 보내는
연꽃마을 이야기

수련이
연꽃마을에 사네요.

연한 청보라 빛에
살구 빛 밝은 핑크색에까지
화려한 동네로

앞에는 흰 꽃집
뒤에는 붉은 꽃집
옆에는 분홍 꽃집
그 옆에는 무지개 꽃집

재잘재잘 아기 꽃 담소에
그냥
지나칠 수가 없네요.

어제 좋았던
앞집 흰 꽃이
오늘이면 덜 들고
오늘 부족한 옆 분홍 꽃이
내일이면 더 고와지니

재잘재잘 시샘이 없는 이 마을을
그냥
지나칠 수가 없네요.

잔잔한 수면에
고개만 내밀고
곤히 잠든 아기 꽃들

바람이 깨면
수면이 깨고
아기 꽃 깨면
동네가 깨는

그런 꽃마을을
그냥
지나칠 수가 없네요.

같은 하늘아래
같은 줄기에
같은 뿌리에서도
한꺼번에 피는 법이 없네요.

한 송이만 피었다고
우쭐대지 않고
일찍 피었다고
탓하지 않고
늦게 피었다고
성화하지 않고

적의 없이 바라보는 자태에
그냥
지나칠 수가 없네요.

넘실대던
잔물결도 쉬는 채
곤히 잠든
그대 마을을

밝고 환하고 아름다운 시입니다. 이 시를 읽고 있으면 마치 눈앞에 펼쳐진 희고 붉고 분홍의 연꽃들을 보고 있는 것 같습니다. "잔잔한 수면에/ 고개만 내밀고/ 곤히 잠든 아기 꽃들" 같은 표현도 아름답습니다.

필자의 변

근래에 와 새로운 장르로 '라이트노블' 이 뜨고 있습니다. 언제 어디서나 가볍게 읽을 수 있어야 하고, 쉬운 단어 활용에 짧은 문장이어야 하고, 대화체 위주로 엮어가야 하는 데 의미를 두고 있지요. 필자의 경우도, '시' 에 나이트노블 의미를 따르면 어떨까 하는 생각을 합니다. 그렇게 시작된 에세이집입니다.

일산 아라리

일산 아리리

태초에
고봉이
일산 벌에 산으로 내리네.

뒤따른 심학이
늦었다고 심술을 부리다가
고봉 엉덩이에 받쳐
북향 강변으로 밀려나네.

고봉은 심학을 밀치다
엉덩이 한 쪽이
들어간 건가

그 자리에
벼락바위
두꺼비바위 들게 하고
마당바위로 마무리 하네.

고봉은
노심초사 엉덩이 걱정뿐이라
정성으로
자손 복 비는 도당굿 올리니
그 딸이 정발산이라.

고봉산 밑 고씨 문중
그 이웃 장항촌장들

가을 추수 마치고 정발산에 올라
감사제 지내고 도당굿 올리네.

후속놀이로는 팔매질이고 활쏘기라.
돌팔매 화살 미치는 곳이
후에 호수가 되어 공원이 되더란다.

호숫가에는
세월 따라 연이 자생해
꽃마을이 생기고
갈대숲 이뤄
피라미에서 붕어까지
살아가니
계절 따라 찾아오는
철새 도래지가 되어가네.

거기에 수백의
야생화 수생식물이
자생하고 있으니
생명의 역사와 이야기를 품어내는

심오한 생태공원으로 숙성해 가네.

이곳을 마당
뜰 삼아 만절을 살아가니
우리에겐 소망하던
천상이리라
아라리
아라리 났네.

##일산 아라리: 일산 좋아라

양성모음(ㅏ.ㅗ)을 가진 형용사 어간에 붙어 감탄의 뜻을 나타내는
좋아라(밝아라)에서 '아라' 를 취하고
민요 아리랑의 가사 중 '아라리' 에서 '리' 를 취해
제목을 '일산 아라리' 로 했습니다.

일산골 이야기

우리 마을이 있는
일산골에는 언제부터
사람들이 살게 되었을까.

무슨 씨를 뿌리며
무엇을 먹고 살았을까.

사료에는
주엽동 이웃 가와지 마을에
토탄층 고고학 볍씨 자료가 나와 있네요.

오천여 년 전 신석기시대부터
벼농사를 지어 왔나 보네요.
그래 국내
최초의 벼 재배 지역이 되었대요.

우리 역시
최초의 벼 재배 농촌마을에
사랑의 보금자리를 틀고
있다는 생각이네요.

그리고
선사문화의 형성과정과
신석기 청동기 철기시대의

지극히 옛스러운 농경문화 생활정서도
덤으로 느끼며 살아가게 되네요.

거기에 근대의 이웃
삶의 이야기도 있네요.
옛 사람들의 투박한 소리와
훈훈한 인정이 묻은 체취 말이에요.

일산골에는
강선이라는 작은 옛 마을이
문촌 새말 오마리 촌락들과 이웃하고 있었고
뒤에는
옹기종기 초가집들을 바라다 볼 수 있는
'골동산'도 있었대요.

마을 가운데는
샛강이 흘러 사철 피라미들이 유영하던
맑은 물 흐름도 있었고요.

배와 옆구리가 은백색을 띠다가도
산란기가 되면 혼인색으로 변해가는
피라미들의 화려한 신비에
나들이 나온 한양 객들에게
볼거리가 되어왔던 곳이래요.

때로는
근정전이 있는

한양에서의 골치 아픈 일상을 벗어나
도피해 온
역대 왕들에게도
볼거리가 되었다고 해요.

그리고
샛강 언덕에는
고만고만한 느티나무들로
정적이 깔려 있었고

주위에는
태고의 숲이 있어 한 밤이면
신선이 내려와 놀다가
새벽에 올라가곤 했었대요.

여기에서
강선마을이 유래하니
자연의 태곳적
정서가 배어 있는 곳이네요.

때로는 호젓하고
고즈넉한
정적이 흐르던 곳이네요.

이곳에서의 생활이
우리에겐
또 하나의 은총이 아닐런지요.

일산골 판타지아

10층 쌍둥이 오피스텔 사이엔
3차선 차도가 놓여 있다(장항동)
비오는 밤이면 차 흐름이
마치 파도 이른 협곡이라.

우리는
'협곡마을'이라 부른다.

양편으로는
비교적 넓은 인도를 두고 있다.
넓은 공간 활용이 인상적이다.
대형 화분들을 적절하게 배열해
공간 배치에 지루함을 덜어주고 있다.

노랗게 물들여
평화와 안정을 자아내는 메리골드
진한 붉은색으로
강렬한 인상을 자아내는 베고니아

그렇게 넘치게 채워진
꽃들은
가을까지 협곡을 장식해준다.

인도의 가변에는
허리 높이의 정원을 두고
소나무 단풍나무 주목 아카시아 철쭉 영산홍 회양목
그리고 맥문동 식구들을 초대해 두고 있다.

수준 높은 조경미는
누구의 솜씨일까
반장은 관리소장님의 안목에서란다.

2월이면 전지해 수질을 돋워주고
3월이면 퇴비 주어 뿌리활착을 돕고
4월이면 공간 찾아 꽃들을 채워주는
관심이
매년 반복되고 있으니.

그렇구나.
누군가의 관심이 있었기에
이렇듯이 찾아오고 싶어지는
협곡 꽃마을이 되었구나.

90대 노부부가 매일 찾아온다.
그리고 걷는다.
중간쯤에 놓인 벤치에 앉아 담소한다.

가끔은
개떡도 가져와 나눠먹고
옛 보릿고개 이야기도 들려준다.

노부인은 연상이라 허리가 더 휘었나보다.
매사를 서둘러보지만
언제나 뒤처진다.

팔 다리 온몸 젓기를 재촉해 보지만
할아버지는 이미 벤치에 앉아 있다.
엉덩이로 자리를 데워두면
할머니는 그때에야 와 앉는다.

허리를 펴 보려나보다.
입에서는
휘파람 소리가 난다.
아 시원하다.

앞에도 꽃이요.
뒤에도 꽃이라.
화두는 자연스럽게 꽃 이야기로 시작이다.

뒤 호수공원에서 불어오는
소슬바람은 목덜미를 식혀준다.
흐르다 멈춘 땀방울을 번갈아 닦아 준다.

바람이
빌딩사이 협곡에 이르면
옷자락이 팔랑일 정도로 세어진다.

듬성듬성 남아있는 머리칼이지만
흐트러진 게 못마땅해지나보다.
손가락 빗질로 연속 끌어올린다.

엉덩이에 근육질이 없어지다 보니
오래 앉아 있기도 어려웠나 보다.

한참을 못 넘기고 일어서
위아래 팔 젓기를 한다.
제자리 걷기도 한다.

백세를 바라보는 노부부의 건강은
매일 맑음이다.
아마도
조석으로 가꾸어 오는
협곡마을의 꽃길 덕이리라.

일산골의 아침

우리의 보금자리는 옛 일산벌에 세워져 있네요.
역사 속에서는 삼국의 격전지가 되어 많은 애환이 서려 있던
곳이래요.

고구려 광개토대왕이 하남 이성산성에 웅거하고 있던
백제의 아신왕을 응징하기 위해
기마부대를 이끌고 남하 하면서의 식량징발과 인명피해
그리고 경작지의 훼손으로 많은 피해를 입었던 곳이래요.
그의 아들 장수왕 때에도북한산성 진격을 위한 전초기지로
사용되면서 인명과 재산상의 피해가 또 한 번
심했던 곳이래요.

그때마다
징용을 통해 군수물자를 나르고 토성을 쌓고 하는
강제노역에 시달려야 했던 곳이네요.
그의 흔적으로 주엽동 인접 성저마을에는 '성저토성'이 있었고
지금은 성저마을이 들어서 있네요.

911년에는 신라의 세력을 물리치고 기인적인 통치로 알려진
'궁예의 태봉국'이 되어 숨죽여 살았던 적도 있었지요.

고려시대에는 고양 파주지역이 도읍지인
개성을 이웃하게 되어
문화와 역사의 주변지 역할을 할 수 있었대요.
그로인해 주민들의 생활이 개선되어 가던 때도 있었고요.

그러나 일산벌 주엽동에는
'황조항'이라는 하층민들의 주거지역을 조성하고
높은 세금에다
노역까지도 요구해 왔던 곳이라 예외적이었나 봐요.

그들의 대부분은 고구려, 백제, 발해에서 쫓겨 온
패전 유민들이었고요.

그와 같은 사정으로
무참히 희생된 영혼들의 메아리와
노역장의 거친 숨소리
그리고 괄시받아오던 '향촌' 천민들의 애환이 서린 곳이 되었나 봐요.
바로 그곳에
참회의 기도소가 세워져 있네요.

그리고 신자들은이유 없이 쓰러져간 무고한
선인들의 영혼을 잠재워주고 있네요.

아침 일찍부터 정성을 다해빵을 포장하고 우유팩을 닦으며
아주 낮은 자세로 괄시 받아온 노숙인들을
아침손님으로 맞고 있네요.

그 나눔의 줄이
주엽역 광장까지 이어지기도 하네요.
일산 주엽골만의 따뜻한
아침 풍경이네요!

일산 호수공원

호수공원 서낭당 길

로마제국 건설 시
가장 어려운 것은
싸움 보단 이끌어가기라 했던가.

우리 삼한시대 정복자들도
정복 이후를 걱정했나 보다
소도(蘇塗)를 찾아 예를 다한다.
장승을 보수해 주고
솟대를 높여 주고
서낭당 길도 다듬어 준다.
그리고 빈다.
말 잘 듣는 신민이 되게 하소서.

호수공원
서문을 들어서면
소도를 맞는다.
흙길을 돋은 언덕에
솟대 세우고
장승 세워
서낭당 길 안내하고 있다.

숫대로
장대 위에 오리 앉혀
풍요와 건강을 빌고
호수공원 경계하는
수호신이 되게 한다.

통방울 눈에 주먹코
송곳니가 빠져나와 괴기한 형상
거기에
축 늘어진 임금님 귀로
위엄까지 갖춘 장승이 버티고 있다.

왼쪽에 대장군 두고
오른쪽 여장군 두어
질병과 재앙의 진입도 막는다.

여기에 서낭당은
전통정원 외진 길목에 두었다.
수호신으로
서낭을 모셔놓은 신당
원추형 돌무덤이다.

신목으로 매실수를 심어
매실 밭을 이루고 있다.
늦은 봄까지도
주인 없는 매실은 그대로다.

신역이어서 인가
서낭신을 모시는 곳에서는
따거나
파거나
헐지 않는 금기가 있음에서라.

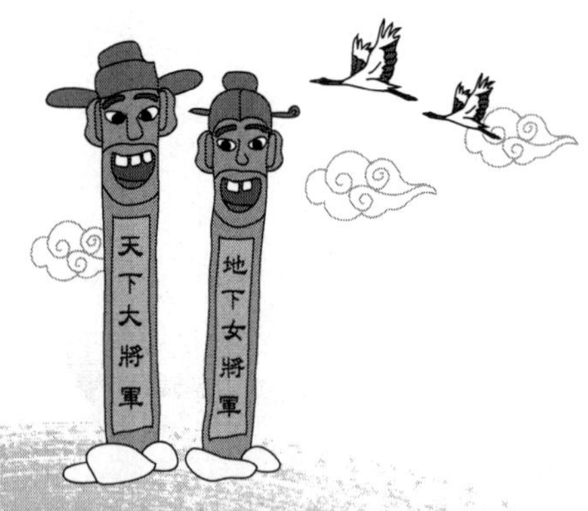

호수공원 연꽃마을

곤히 잠든 연꽃마을에
이른
아침 손님이다.

하지 지나면
꽃자루는
하루가 다르게 커간다.
밤사이 통통해진 잎새에 눌려
잠에서 깼나보다.

기지개 켜 일어나
연잎 밟고 서 있다.
연꽃 모 쓰고 서 있다.

신의 탄생일까
부처의 탄생일까
군자의 탄생일까

진흙 속에서 솟아나
아직 이른
청아한 꽃봉오리
속세에 물들지 않음에서라.

극락정토가 연못이었을까
아미타불이 살았다는 곳일까
더 없이 안락한 정토라
연의 키가 칠 척이나 되었을까

한 복더위는
긴 잎자루 끝에 우산 잎
펼쳐 막아주고

여름 소나기는
입맥을 방사상으로 설치해
흘려 내보내고

불청객 해충들은
뿌리에서 올라온 잎자루에
가시를 두어 차단하고

그래도 모자라면
잎자루 속에 통 큰 구멍을 두고
속히 알려
이 키다리 연꽃을 지켜주나 보다.

초복에 이르면
이윽고
청아한 연꽃을 피운다.

흰 연꽃
붉은 연꽃
노란 연꽃
화려함으로 기쁨을 준다.
청결함으로 자존을 지켜준다.

말복이 지나면
연꽃이 씨 주머니로 들어간다.
많은 씨로 다산하란다.

그리고
수천 년이나 품고 가는
연씨의 긴 생명력을 보여

삶에 인내하고
매사에 근면하고
주위를 성찰하라는
교훈을 남기고 해를 마감해 간다.

호수공원 자연학습원

호수공원 서문을 들어서면
재잘대는 청아한 소리에
귀 기울이게 된다.
해설 선생님과 어린이들 간의
학습 소리이다.

'자연학습원'이라는 석주 입간판이
금방
교육장임을 알게 한다.

'수생식물원' 처음 듣지요.
인공 섬들을 만들어
물속에서만 자라는 수련, 부레옥잠, 부들
그리고 개구리밥을 심어놨어요.
모두 하면 16종류나 되지요.
이들을 수중식물이라 하고
또 수변식물이라고도 해요.

수생식물원을 벗어나면 곧장
야생초 화원으로 이어진다.
약이 되는 정원엔
작약에서 원추리에 이르기까지
30여 종이 식재되어 있고

향이 나는 정원엔
박하에서 백리향에 이르기까지
20여 종이 가꾸어져 있네요.

한숨 돌리고 나면
나리와 붓꽃정원을 만나게 된다.
을름덩굴에서 뻐꾹나리에 이르기까지
30여 종류를 모아두고 있고
색깔을 내는 염료정원에는
피나물, 황금, 층층이 꽃에 이르는
20여 종류나 관리되고 있네요.

국화정원도 빠뜨릴 수가 없네요.
좀씀바귀, 쑥부쟁이, 해국, 구절초에 이르기까지
20여 종류나 되네요.

이렇게도 다양한 종류의 야생초를
한 곳에서 볼 수 있으니 참으로 행복하다.
설렁설렁 보아 넘기기엔
가을까지 살아남은 그 생명력이
너무도 고귀하지 않은가.

사랑하는 눈으로 바라봐 보자.
잎이 자기들만의 색으로 물들어가고
이웃 꽃에
사랑을 내미는 줄기의 손도 보인다.

행복한 얼굴로 바라봐 보자
잎이 나에게로 움직인다.
마주하려 꽃술도 움직여 온다.

넉넉한 마음으로 바라봐 보자.
쉬이 져버린
꽃 매무새도 아름답게 보인다.
포근해진 마음은
초라했던 야생초도 아름다워 온다.

아름답다는 것은 진정 행복한 일이다.
사람들은 꽃의 외모에만 관심을 갖는다.
꽃에도 아름다운 내면이 있을까.
있다면
행복의 가치는 더 커질 텐데.

홀로 있는 좀작살나무 이다.
가지가 작살 같아
여름 내내 천덕스럽게 불려오다가
가을
모든 꽃이 지고나면
혼자
자주색 짙게 세상으로 내민다.

꽃이 따로 없다.
짙은 자주색 열매가 꽃이고 씨가 된다.
넓고 푸른 호수공원에
유일하게 화려한 꽃으로
유일하게 튼실한 씨앗으로
가을 내방객들을 온몸으로 맞고 있다.

이는
모두에 배려일 테이니
분명 내면이 아름다운 꽃이리라.

호수 전통 정원

우리의
전통정원엔
우리만의 운치가 있네요.

봄이면
꽃과 신록이 움트고
여름이면
녹음 들어 그늘에 쉬게 하고
가을이면
실과 열려 풍성한 기쁨 주고
겨울이면 대나무밭
설원에 끌려 설한 시인되게 하고

이렇듯 우리의 선인들은
자연이
사람의 품속에 안겨오고
자연에
몰입되는 정원을 만들고자
혼신을 다해 왔나보다.

입구에 이르면
나즈막한
돌담이 정겹게 다가온다.

담장 사잇길 들어서니
화계가 먼저 시야에 들어온다.
계단식 정원에는 화려한 목단 꽃들
그리고 찔레꽃 회양목 단풍나무 심어
풍수지리상 배산임수에 따라 보인다.

정원 중앙에는
네모난 연못을 파고
흘러온 물길과 집안의 습기를 모으니
자연의 순리에 따르는 것이리라.

그 뒤에
기와정자를 두고
후원을 두어 사계절의
변화 미를 감상케 하고 있다.

비탈진 뒷동산에는
소나무 심고 대나무 심어
미풍에도 스치는 소리에
오감을 깨우려 했었나 보다.

기와정자에서
바라보이는 후원 뜰은 넓다.
거기에 경원을 둬 모 심고
매실농원을 여유롭게 잡아
초가정자를 세워두고 있다.

새 쫓고
과일 서리 지키고
농번기에는
새참 나누던 원두막이었으리라.

마당에는 수목으로
백송 매화 백일홍 느티나무
그리고 괴석을 배치해
선비의 고고한 지조와
이상을 표현하려 했나보다.

예쁜 담장을 낮게 해
넘어로의 풍광
갈대와 호수를 볼 수 있게 하고
담장의 일부를
트이게 하는 수법으로
시야의 연속성을 가지게 하고 있다.

그래
넓혀진 자연 한 가운데서
모처럼 나를 찾게 하는구려.

호수 이야기

"얼굴 하나야 손바닥 둘로
폭 가리지만
보고픈 마음 호수만하니
눈 감을 밖에……."
정지용 시비 넘어로
잔잔히 출렁이는 파아란 수평

차라리
출렁이는 5월 보리밭이었네.
보릿고개 앞에 놓고
바라보며 위로 받던 5월의 보리밭

산들바람에 하늘이어 오는 잔물결
흐느적이는 보리 수염들이요.
출렁이는 파도 그림자는
어그져 돋아난 보릿잎들이리라.

하늬바람에 밀려오는 물 내는
물때 자갈 스쳐오는 비릿함이 아니라
호숫가 갈대숲에서 내미는 풀 내음이요.
정발산 계곡에서 밀려오는
청아한 산 내음이다.

햇볕을 머금은 맑은 호수
은빛 가득 반짝거린다.
잔바람 멈추자
호수에 비춰진 천상의 풍광은
대자연이 주는 축복이리라

잠자리 날자 호수가 깬다.
붕어들의 먹이사냥
솟구치니 호수가 일렁인다.
수면에 기록 남기고 물결 멀어져 간다.
먹이 소식 전하려나.

석교 지나니
발자국 소리에
먹이 찾아 모여 든다.

진노래 고귀한 황제잉어
붉게 화려한 공주잉어
은빛으로 시려오는 신녀잉어
그리고
물색으로 위장한 보위잉어들
그들이 수백이다.

먹이 재롱에 넋을 잃고
한참을 바라본다.
발소리를 잊을 즈음이면
신기하게도
그 자리를 떠난다.

새 발자국 소리면
또 밀려온다.
그렇게
호수에 어둠이 깔릴 때까지
잉어들이 오고 간다.
대자연의 언어이리라.

호수공원 메타세쿼이아 길

노래하는 분수대쪽
호수공원 서문을 지나
선인장 전시관으로 가다보면
숲길이 보인다.

낙엽이 뒹구는 흙길이다.
연인과 함께
가족과 함께
한적하게 걸을 수 있는 숲길이다.

호수공원 남부 가변에
조성되어
호수경관을 해치지 않는
배려도 보인다.

쭉쭉 빵빵 잘도 자랐다.
입구에 이르니 움츠려
작은 키가 더 작아진다.
바벨탑 높이기가
인간의 탐욕에서였다면
숲 높이기는
나무의 힘자랑에서였을까.

그보다 키가 크면
사람에게
더 이롭다는 걸 아는 것일 거야.
키다리 메타세쿼이아는
방향성 피톤치드를 내 뿜는다.
거기에
테르텐 음이온까지도 선물해준다.

스트레스를 해소해 주고
심폐기능을 강화 시켜주고
천식환자에 호흡도 편하게 해주고
아토피성 어린이에도 평안을 준단다.

그래서인가
이른 평일에는
유모차를 끄는 젊은 엄마들이 많다.

오후가 되면
인근 주민들이 대세다.
더위를 식히고
피톤치드향이 해충도 쫓기에
모기를 피하려
숲을 찾는 주민들이다.

석양이 뉘엿거리면
나뭇잎새들이
미동하기 시작이다.
잎새가 춤을 추면
피톤치드 은근히 날려
숲에 안겨 사푼히 잠든다.

노래하는 분수

여름이면
일산 호수공원
어두워진 밤이 그립다.

잉어 뛰는 호수가 있어서요.
반딧불 노는 연꽃마을이 있어서요.
노래하는 분수대가 있어서다.

어둠이 깔려야 제격이다
서쪽광장에 이르면
음률이 길 안내가 된다.
따라 이르면 분수가 보인다.

가요에서부터 클래식에 이르는
다양한 장르의 음악이다
화려한 조명 위로
시원한 물줄기가 뿜어 오른다.

화려하고
권위에 찬 황제 대관 형 분수
초복 지나 피어난
우아한 연꽃 형 분수
활화산이었다가

기력을 잃어 쇠잔해가는 화산 형 분수
켜켜이 오르는
시드니 오페라하우스 형 분수
그리고 갑자기
솟아오른 로켓 형 분수에 이르기까지

그 많고 다양한 장르를
나 하나로서는
다 잡아볼 방법이 없구나.

매일 매일
1500여 톤의 물을 끌어 올려
1600여 개의 노즐로
연출하고 있으니 그렇단다.

물에 빛을 쏘이고
음악을 입혀
무대에서 대사를 읊으나보다.

입혀줄 음악을 선곡하고 나면
노즐을 곡에 조합해 연출해 내는 거란다.
이윽고
한 마리의 나비가 춤을 추듯
음악에 맞춰 날개 짓 한다.

오색 빛깔로
오묘하고 화려하고
찬란해진 분수 쇼를 보고 있자면
낭만 속에 빠져 들어
그 간이 아름다움으로 다가 온다.

환상적인 이 기쁨
혼자만이면 안돼요.

호수공원 떠돌이 새

호수를 끼고
자전거길이 달리고
산책길이 옆 따른다.

길 중앙에는
회양목에 철쭉이 줄 서있다.
키가 낮아
사람들은 무시하고 넘나든다.

그러나
떠돌이새들의 보금자리다.
끼리끼리 찧고 까불며
자기들끼리 깔쭉대며 노는 곳이다.
그들이
굴뚝새이고 말똥가리이라.

여름 내내
물레방아 숲속에 텃새 노릇하다.
가을이면
낟알 찾아 보행로 숲길로 내려온다.

둥지 틀고 붙박이로 사는 새가 아니니
변화에 민감하고
감각기관이 발달되어 수선스럽다.

눈은 사람보다 20배나 밝고
귀도 더 밝단다.
냄새에도 더 민감해
화장한 여성이
아직은 먼발치인데도
벌써부터 소리를 죽인다.

색깔을 모른다고
오해다.
울긋불긋 옷차림엔
온 몸을 떨며 거부한다.

그들에 꿈은
창공을 향한 힘찬 날갯짓일 텐데
보행자 없는 밤엔 하늘이 어둡고
밝은 낮에는 형형색색
걷고 달리는 인간이 많으니
가지 사이에
소리죽여 꼭꼭 숨을 수밖에…….

호숫가 갈대의 향연

호수공원
물가 갈대숲

봄에는
새싹 키워
나들이객 방석 되어
칭찬받고

여름에는
뿌리 키워
물고기 집 되어줘
행복 주고

가을에는
갈대 키워
글쟁이들 시재되어
기쁨 주고

겨울에는
'갈대발'이 되어
시장에서 팔리니
생활이 되게 하네.

갈대 꽃 이삭은
줄기 끝에 원추 꽃 차례로 달려 있고
종자에 깃털 두어
실바람에도
멀리 멀리 퍼지게 하네.

그래 태초에서
끊김 없이 이어온 생명이라.

우리 옛 시인들은
갈대로
한가로움과 평화를 노래했고

로마 옛 신하들은
갈대숲에 모여
"임금님 귀는 당나귀 귀."로 펌훼했다가
갈대 귀에 들켜 경을 맞던 이야기도
시재가 되어 왔었다지.

그래도
우리의 시심은
호숫가에 흐느적이는
갈대의 향연에 빠져가는구려.

호숫가 물레방아

단오절 이르자
호숫가 물레방아 돌기 시작이다.

여름 한 더위 마로니에 숲
그 아래
물레방아 도니 벤치까지 시원하구나.

굴대가 잘려
방아공이 없이 물레만 도네
선인들의
곡식 빻던 방아는 아니더라도
세월을 빻아온 물레방아 아닌가.

겨울에는 멈춰버린
물레 위에 눈 덮여 설원의 운치 주고
여름이면
마로니에 숲 좋은 휴식처 내주고
가을이면
마로니에 오르내리는
청솔모들 곡예로 기쁨 주는 곳.

거기에 극적인 만남도 있구려.
어쩌다가 먹이라도 보이면
믿고 접근해 오는
청솔모와의 신묘한 대화
이 모두가
신뢰하자는 자연과의 묵계인 걸.

호수공원 가을 노래

가을에는
호수에 선물을 주소서.
호수에 투영된 파란 하늘
호수에 덩그맣게 내려앉은 양떼구름
그리고 별 내리는 밤하늘을 주소서.

가을에는
호숫가에도 선물을 주소서.
길섶 가로수에도
멈춰버린 물레방아 숲에도
떠있는 약초 섬에도
내내 여운을 남겨주는 가을풍경을 주소서.

가을에는
한울광장에도 선물을 주소서.
젊음이 모이는 한울에
벗갠 청잣빛 하늘에
바람 따라 유유자적인
가을구름도 보여 주소서.

가을에는
만양(晚陽)을 마주한
팔각정에도 선물을 주소서.
해 질 무렵
호수 붉게 물들이고
불덩인 채 뉘엿거리는 저녁놀을 보게 해
화려한 낙조 있음을 알려 주소서.

호수교 벽화 이야기

하늘이 파랗다.
호수가 파랗다.
호수교 벽화도 파랗다.

어두웠던
호수교가 밝아온다.
가을 하늘 아래
코스모스가 피어 있고
붉게 물들인
장미꽃이 피어 있고
밝은 해바라기가
파란 하늘에서 내려다보니
환하게 밝아옴이라.

나비가
소나무 곁을 날아도
어색하지 않다.
매일같이
벽화 앞을 지나도
지루하지 않다.

빈 벤치들이 있지만
전혀
외로워 보이지 않는다.

그림이 주는 편안함
그리고
안정감이 있어서
먼 길 뛰어도 피곤하지 않다.

정발산 가을 소리

일산벌에 외로이 서
우리의
허파가 되어온 정발산

일산골
어느 방향에서고
한달음에 오를 수 있어
더 친근해 온 우리의 동산

그래도
늘 푸를 수만은 없어
잎 떨어지는 가을은 오는구나.

나뭇잎이
옷을 갈아입는다.
이른 아침의 돋을볕에
잎을 더욱 물들이니
단풍이 선홍빛으로 타오른다.
그 사이 사이를 뚫고
투명해진 햇살이
내 뺨에도 물들인다.

여러 날 떨어져
낙엽이 켜를 이룬다.
발길에 채인
낙엽 향이 알싸하다.

산 그림자에 따라
희비가 엇갈리는
아래 마을에도

가을에만은
한 마음으로
오름길 수리하고
둘레길 쓸며
낙엽 떨어지는 소리에
귀 기울인다.

정발산에는
산등성이가 여럿이고
고만한 계곡이 여럿이다.
일교차가 심해지니
온도차에 따라
빛깔도 요동친다.

그래 정발산만의
가을 풍광이 드나보다.
울긋불긋
형형색색으로

왕의 도시 일산골

안장왕과 한씨 미녀

삼국시대 사료로
'안장왕과 한씨 미녀' 로맨스가
단연 압권이다.

고구려
안장왕이 백제와 자주 싸운다.
상대는 백제의 무령왕이고 성왕이었다.
그 중에서도
고봉산 설화와 근접한 전쟁은
529년에 있었던 10월 전쟁이리라.

안장왕이
몸소 수만의 군사를 거느리고
강화까지 함락시킨다.

점령군은
여세를 몰아 한강 하류에서
지류 곡릉천을 따라 봉일천에 이르고
그곳에서
고봉산 봉화를 발견하고
사랑하는 한씨 미녀와
극적인 상봉 길에
올랐을 것이라는 생각을 해보게 된다.

그의 자취로는
왕의 배가 정박해
그 후 나루로 의미하게 되는 김포(金浦),
한강 하류에서
지류 곡릉천을 따라 오르다가
왕이 머물렀을 것으로 보이는 왕의 마을 금촌(金村),
왕(日)을 만나다로 해석이 가능한 봉일천(奉日川),
그리고
고봉산으로 향하는 감내(왕의 냇물)길은
안장왕이 한씨 미녀를 만나러 가던 길과
관련이 깊다는 가능성 제시도 있다(행주얼/정경일).

그리고
한씨 미녀의 옥사와 구출 장면이
춘향전에서 춘향이가
남원부사 변학도의 수청을 거부했다가
형벌 끝에 옥에 갇히고
얼마 후에
애인 이도령 암행어사에 의해
극적으로 구출되어 백년해로하는 과정이
많이 닮았다.

이처럼 일산골의
아름다운 고대사와 문화는
'안장왕과 한씨 미녀'의
뜨거운 로맨스에서 출발하고 있네요.

왕의 도시 일산골

오랫동안 "왕의 정사(政事)는
근정전이 있는 서울에서,
사사로운 이승과 저승은 고양에서."라는 등식이
자연스럽게 성립되어 오고 있네요.

고양명칭의 유래가 되고 있는
고구려 안장왕과 한씨 미녀를 둘러싼
로맨틱한 삼국사기의 사랑이야기가
일산골에서 시작되고요.

고려 초에 왕들이
즐겨 나들이 해오던 곳이라는 의미
'행행(行幸)'에서 유래되고 있는
행주(幸州→촘)의 명칭에서도 유추되고 있네요.

그리고 일산벌을 비롯한 "고양지역은
무도수련장과 수렵장으로 활용되었다."는
태종실록(권24,28)
세종실록의 기록도 있네요.

아무래도
왕들이 골치 아픈 일상을 벗어나려
고양지역에서
쉬어가곤 했었나 봐요.

특히 언관과 사관의 역할이 컸던
조선조에 들어와서부터
그들의 도피성 나들이는 더 심해 보이네요.

언관의 구실은 감찰이었지요.
사헌부, 사간원, 홍문관으로 분화해
공공행사엔 언제나 따라 다녔지요.

그리고
국왕은 언관의 말에 귀 기울여야 했고
그들의 조언이나
간청을 받아들여야 했었지요.

이와 같은
왕권을 제약하는 신권의 존재가
500여 년간이나 지속되어 오면서
그들을 떼어놓은
왕들의 도피처는 일산벌이었고
능이 많고 사냥터가 있는
고양 지역이었던 것이지요.

그래 필자는
이 지역을
왕의 도시라 부르고 있네요.

고양시는 고봉산에서

유래는 '안장왕과 한씨 미녀'간의
사랑이야기에서네요.

안장왕은 고구려 문자왕의 아들
그가 태자로 있을 때
삼국은 한강유역을 놓고 치열하게 다툰다.
태자 스스로
정보 수집 차 백제에 숨어든다.

어느 날
일산벌 한씨 집으로 숨어든다.
그때 마주친 한주를 보고
청순한 미에 끌린다.
한주 역시 예사롭지 않은
귀태에 끌려 마음을 주게 된다.

사랑이 무르익게 되자
안장은 "난 고구려의 태자다
군사를 몰아 이곳을 차지하고
그대를 맞아 가리다."라 고백하고
임진강을 건너 고구려 땅으로 돌아간다.

태자가 왕위에 오르자
약속했던 대로
수차에 걸쳐 백제를 공격해 보지만
매번 실패하고 만다.

한편 백제에서는
미모에 빠진 태수까지
한주를 차지하려 가진 술책을 다 부린다.
여의치 않자
감옥에 가두어 버린다.

소식을 접한 고구려 안장왕은
장수들을 불러 "개백현을 회복하여
한주를 구원하면
천금과 만호후의 상을 주겠다."선언한다.
나선 사람이 없자
여동생 안학을 사랑하던 을밀 장군에게
"한주를 구해오면 결혼을 허락하겠다."는
약속까지 한다.

안학 역시 절세미인으로
오라버니의 측근 장수 을밀과 사랑하는 사이
그러나 을밀의 문벌이 미약하다고
결혼을 반대해와 어려움에 처해 있던 때이다.

신이 난 을밀은 수군 5천을 거느리고 바닷길을 떠나
강력한 백제수비병들과의 격전을 치르면서
이윽고 한주를 구출해 낸다.
이로써 안장왕은 개백현에 이르러 한주를
극적으로 만나게 되었다는 이야기다.

그러나 삼국사기
지리지의 달을성현에는
'해상잡록'에 빠져있는 기록이 보인다.

"한씨 미녀가 높은 산에서
봉화를 들어
안장왕을 맞이해
이곳 이름을 고봉산이라 하였다."라고

이로써
고양시의 명칭은 자연스럽게
여기에서 출발하고 있네요.

고양 역사기행

고양지역의 주거 흔적은
신석기시대에 와서야 나타나네요.

지영동 지축동 백석동에서 발견된
6천여 년 전의 석기들
그리고 청동기문화의 고인돌(支石墓)도
발견되고 있네요.

이 무렵
한반도와 남만주 일대에서는
부여 예맥 고조선 임둔 진번 삼한의
부족연맹체가 형성되고 있었고요.

그 중에서도 가장 강력한
연맹체를 형성하고 있던 나라는
고조선이었지요.
그러나 한무제(漢武帝)에게 패하고 마네요.
그들의 세력 하에 한사군(漢四郡)이 들어서면서
불행이 시작되게 되지요.

그 후 얼마가 지났는가.
삼국지 위서 동이전 한전에
'기이영전투와 멸한(滅韓)사건'이라는
중요한 기록을 남기고 있네요.

아직은 필자의 소견이지만,
246년에 임진강을 건너
대방군의 기이영을 공격해 갔던 소국은
신분활국(臣濆活國)이었고
그 나라는 오늘의
고양 지역 일대로 추정된다는 점이에요.

임진강 연안 고대사에서
이 사건을 중요시하게 되는 데는
첫째로 그간 상대적으로 강하게만 여겨왔던
대방군 영내를 감히 공격할 수 있을 정도로
군사력을 갖춘 한(韓)의 집단세력이 한강하류
어딘가에 있었다는 점이지요.

둘째는 전쟁에 소요되는 막대한 물자를
감당할 수 있을 정도로 농업 생산성이 높은
부자 나라였을 것이라는 점이요.

셋째는 신분활국이 대방군 기이영전투에서
패하게 됨으로써 임진강이남 고양지역까지
대방군의 통제가 강화되는 등
세력의 재편성이 이루어졌을 것이라는 점이요.

넷째는 그동안 신분활국의 실질적
통제권한을 가지고 있던 진왕(辰王)의 위상이
자연히 무너지게 되고
대신 서울의 강동지역에서 움츠리고 있던
백제국이 강한 나라로 부상하기
시작했을 거라는 점이네요.

서오릉(西五陵) 이야기

서오릉은
조선왕실의 왕릉군이다.

세조의 원자가 20세의 나이로 요절한다.
풍수지리상 길지로 추천되어
세자 묘가 들어서게 돼
첫 번째 경릉(敬陵)이 된다.

이는 의경묘에서 덕종으로 추존되면서
경릉으로 추숭한 경우다.
그로 인해 병풍석 난간석 무인석도 없는
그저 단순한 대군묘 형식이구나.

창릉은
예종과 계비 안순왕후의 능이다.
세조의 차남으로
세조 승하 하루 전에 즉위해
역시 20세의 나이로 요절하고 만다.

익릉은
20세에 요절한
숙종의 비 인경왕후 단릉이다.

명릉은 숙종과
인현왕후 민씨 인원왕후 김씨의 능이다.
장희빈도 숙종의 후궁이었지만
외진 곳에 초라하게 조성해 두고 있다.

홍릉(弘陵)은
영조의 비 정성왕후 서씨 능이다.
쌍릉으로 조성하려다가 단릉으로 남게 되어
곡장(曲墙) 안쪽의 반은 빈 공간으로 남아 있다.
영조가 후에 함께 묻히고자 해서다.
그러나 아직도 빈 공간인 걸.

서삼릉(西三陵) 이야기

옛 신작로와
울창한 포플러 가로수길 따르니
한가로이 몸 풀고 있는 종마들이 보인다.
서삼릉 경내의 시작이다.

조선조 왕조사가
잠들어 신성시해야 할 왕릉에
골프장, 축협종우장, 군부대가
이웃하니
바람만 스산해 온다.

능이 조성되던 초기에도
많은 우여곡절을 겪게 된다.
희릉은 본래
태종의 헌릉(獻陵) 옆으로 택지가 결정되었다가
권력 다툼으로 옮겨오게 된 경우이다.

그 후 인종을 모신 효릉과
철종과 비 철인왕후 김씨를
예릉으로 모시면서 서삼릉이 된다.

원래 왕릉경역 내에는
후궁 왕자 공주의 묘나 태실은 둘 수가 없었다.
그러나 조선왕조가 멸망하던 해
일본 국내성 이왕직(李王職)에서
경기 일원에 산재한 후궁 왕자 공주 분묘를
서삼릉경 내에 집장케 하고 만다.

그리고
태실의 집중관리라는 미명 하에
왕의 22기와 왕자 32기의 태실을
이곳으로 이설하게 해
방문 시마다 씁쓸한 기분을 떨칠 수가 없다.

이처럼 많은 애환과 우여곡절 속에서
일단의 경역은 서삼릉 구역과
후궁 왕자 공주묘 구역, 태실집단 구역,
그리고 소경원 구역으로 분할되어
일관성으로
볼 수 없는 아쉬움을 남기고 있다.

서삼릉 복원은
언제쯤 되려나…….

비운의 공양왕릉

고양시 원당동 왕릉골에서
좌측 골짜기를 따라 올라가면
공양왕과 비의 능이 있다.

공양왕은
이성계에 의해 창왕이 폐위되자
추대되어 고려 마지막 왕위에 오르게 된다.

그러나 즉위 후에도
이성계 일파의 압력과 간섭을 물리치지 못하고
우왕(禑王)을 강릉에서
창왕(昌王)을 강화에서 살해하게 한다.

정몽주가 살해되고
이성계가 왕으로 추대됨으로써
공양왕은 폐위되고 고려왕조는 끝나고 만다.

공양왕은
원주로 유배되고 공양군으로 강등된다.
그 후부터 인고의 세월은 시작된다.

유배지 원주에서
간성군으로 추방되고
마침내는 삼척부로 옮겨져 살해된다.

그러나
이성계가 보낸 저승사자 앞에
무릎을 꿇은 치욕의 장소는 아무도 모른다.

공양왕이 1394년 3월14일
간성에서 삼척으로 옮겨왔는데
그 장소가 지금의 삼척시 궁촌(窮村)일거라
짐작만 하고 있다.

은밀히 사자가 왔다.
그 후 팽개쳐진 시신을 수습해
이동하는 과정에서
상여꾼들의 발이 땅에 옴짝달싹할 수 없이
붙어 버렸단다.

이 상황에서 생시에
그리워하던 고향(고양군)으로 시신을 보내는 게
순리라는 여론이 일어
고양 왕릉골에 능이 조성되게 되었으리라는
추정된 견해도 있다.

그러나
삼척주민들은 꼼짝할 수가 없어
그 자리에 산소를 만들게 되었다고도 주장한다.

이로 인해 오늘날
고양시 이외지역인
삼척군에도 공양왕릉이 있다고
주장하기에 이른 것이다.

세조실록에 "공양왕릉은 고양군에 있다."라는
기록으로 보아 이때 공양왕릉과 왕비릉이
고양군에 있었음을 알 수 있게 한다.
이것은
공양왕비 노씨가 고양(교하군)사람 인 것과도
관련이 있는 듯하다.

그러나 고려가 망할 무렵의 일들은
문헌의 기록만으로는 알 수 없는
미스터리 시기이기에
필자들마다 조심스러운 접근이 되고 있다.

능제는 왕과 왕비를 좌우에
나란히 배치하는 쌍릉 형식이다.
능에는
상석과 장명등 각각 1기와
두 쌍의 석인과 석수 비석이 있고
석인은 모두 키가 1m 내외로 작다.

장명등은
옥개석(屋蓋石)이 8각이고
체석(體石)이 4각인 것으로 보아
체석만 후에 만들어 맞춘 것으로 보인다.

장명등의 간석(竿石) 역시 4각으로 되어 있고
불빛을 보게 하는 화창은 2개다.
전체적으로 왜소하고
하대 받침 또한 졸렬하여
국운이 다한 왕조의 비애를 느끼게 한다.

능 앞에 세워진 석수에 대해선
가슴을 찡하게 하는
애틋한 충견의 이야기가 있다.

개경에서 원주로 유배되고
다시 삼척으로 옮겨졌으나
그곳에서 탈출하여 개경에 잠입하고자
고양군에 은신한다.
적들의 추격에 쫓기던 왕과 왕비는

왕릉골에 있는 연못에 투신자살하여
일생을 마쳤다는 또 다른 전설을
이곳 주민들은 믿고 있다.

그리고
공양왕이 애지중지하게 여겨왔던
삽살개가
연못에 빠져있는 주인들의 시신을 발견하고는
죽을힘을 다해 뭍으로 건져놓고
서서히 죽어갔다는
충견의 이야기를 기리기 위해
석수를
능 앞에 세우게 되었다고 이야기 한다.

태실(胎室) 이야기

태는
그 사람의 지혜나 성쇠에
중요해
다분히 금기적인
성격의 내용을 가지고 있었나 보다.

그리고
태에는 그 인간과
동기(同氣)가 흐른다 하여
짚으로 태워 정성으로
강물에 띄워 보냈나 보다.

그러나 왕가에서는
후덕이 먼 지방까지 파급효과를
가져다준다는 믿음에
태우지 않고 항아리에 담아
이름난 명당을 찾아 안치했다.

그 후부터
태를 모신 주위를 태봉이라 부르며
주민들까지도 성지로 여겨왔다.

당시 왕실에서
왕족의 태를 전국의 유명 명당을 찾아
적극적으로 쓴 데는
왕조의 은택을 일반백성에게까지도
누리게 한다는 보시에서이었을까.

그보다는
태를 좋은 땅에 묻어 좋은 기를 받으면
무병장수하여
왕업의 계승발전에
기여할 것이라 믿었던 거지요.

그리고
사대부나 일반백성들의 명당을 빼앗아
태실을 만들어 씀으로써
왕조에 위협적인 인물이 배출될 수 있는
요인을 없애자는 의도도 있었음이라.

이 때문에 왕릉은
도읍지 100리 안팎에 모셔진데 반해
태실은
전국 도처의 명당을 찾아 조성되었던 거지요.

왕자나 공주 옹주가 태어나면
일단 태를 백자항아리에 넣어
길한 방향에 안치한다.

그로부터 7일 내에
무려 백 번이나 씻고 씻어
엽전 한 개를
작은 내항아리 밑바닥 중앙에 깔아
그 위에 올려놓는다.

그리고 기름종이로 밀봉하고
빨간 헝겊으로 싼 후
빨간 끈으로 항아리의 사면을
정성껏 꼭꼭 묶어 모신다.

그러나
불행은 1910년부터 시작된다.
특히 1930년을 전후해
일제가 조선망조 왕실을 관리한다는 미명 하에
전국 각 곳에 있는 태실을 옮겨와
집장지 서삼릉에
무성의하게 모아 놓기 시작한다.

이와 같은 행위는
왕족의 존엄과 품격을 비하 훼손시키고
우리민족으로 하여금
조선의 멸망을 확인시켜주자는
의도가 있어 보인다.

그 태실이(서삼릉 태실구역 내)
54기에 이르네요.

고봉산성(高峰山城)

고대에는
고양지역을
달을성현(고봉)과
개백현(덕양)으로 불렀다네요.

그러나
조선 태조13년에 와
고봉과 덕양현을 통합해
고양이라 부르기 시작한다.

산성은 고봉산 8부능선,
높은 산은 아니지만 일산벌에 홀로 솟아
삼국시대부터 전략상
중요한 성채 역할을 맡게 된다.

성채는 장방형 석재로
바른 쌓기를 했던 것으로 보이나
현재 군부대가 자리하여
유구의 흔적을 찾아보기란 어렵다.
다만 참호주변에서
많은 양의 통일신라 경질토기편과
기와편이 확인되고 있을 뿐이다.

이곳의 특이 변혁은
고구려
광개토왕 출현으로부터 시작된다.

광개토왕과 장수왕의 남진책으로
한강유역을 차지하게 되자
문자왕은 고양에
달을성현(達乙省縣)과 개백현을 두고
지금의 서울에는
북한산군을 설치하여
이 지역을 남평양으로 부르게 한다.

후에 달을성현은 고봉현,
개백현은
행주(덕양)로 바뀌게 된다.

장수왕과 문자왕 때에는
고구려 병사가 주둔하면서
북한산성과 한강연안의 백제 진지를
공격할 때에
주력부대 발진기지로
중요성이 높아간다.

그리고
고봉산 아래에는 옥답이 많아
자연스럽게 부농이 많았나 보다.
그러나 풍요의 소문이 좋은 것만은 아니었나.
농사를 지어 놓으면
농산물을 뺏어가려는 불한당들이 출현하니
불안과 불편은 더 깊어만 간다.

그 무렵 한강연안의 동령말에는
거칠고 힘센 불한당 패거리들이
자주 출몰해
마을사람들과 한강을 오가는 상인들을
괴롭혔던 기록이 남아 있다.
이로 보아
정도가 심했던 것으로 보인다.

오늘날 공연되고 있는
고양 민속예술
'십이지신 불한당몰이 놀이'를
보고 있자면 당시의 상황이 유추 되네요.

행주산성(幸州山城)

삼국시대에 축성
그러나 신증동국여지승람에
성의 연역에 관한 내용이 없네요.
이미 폐허되었던 것은 아닐까

다행스럽게도 근래에 와서야
산성 정상부에서
토기와 적갈색 연질의 기와조각
연꽃무늬 막새기와조각 등
백제초기 유물이 발견되고 있네요.

둘레 1km, 토축 높이 2m 내외에
포곡식 토축 산성으로 추정하고 있고요.

이런 점은
행주산성이 백제초기의 영역으로
서해안으로의 수운 거점이면서
그 후
왕봉현의 치지로도 추정하게 하네요.

이는 나당전쟁시기에
많은 당병이 수장된 '왕봉하'가
이 행주산성 부근의 한강을 지칭하는 것이리라.

조선조에 와서는
권율이 일본에 대첩을 이룬 전적지로서
수많은 원혼이 서린 곳이었지요.
그 후부터
생활정착지로는 터부시하게 되고요.

그냥 흘러간 세월은
오히려 풍광을 뛰어나게 해
양반가의 별장으로 각광을 받게 되지요.

그들만의
한강변 풍취와 선유를 즐기던 별장
귀래정은
인조 도승지 김광옥의 별서로
행호 강변에는 황포 쌍돛 배 뜨고
강심을 향해 웅어와 황복잡이 배 유유자적 오갔네.

낙건정은
영조의 도승지 김동필의 별장으로
창릉천과 한강이 만나는 덕양산 절벽
멀리 바다와 같이 펼쳐지는 한강의 조망
아슬한 낙건정의 위태가
낭만과 시원함을 더해주고 있었고요.

장밀헌은
영조대의 정승 송인명의 별서로
그의 호를 따 장밀헌이라 부르고 있었지요.
물론 풍류를 즐기거나
은둔하기 위한 별서였다고는 하지만
더러는
왕권의 감시를 피해
은밀히 뇌물을 거둬들이는 장소로도
활용되었다 하니
씁쓸해 옴을 지울 수는 없네요.

백제 북한산성(北漢山城)

삼국사기 온조왕 14년
"한강 서북에 성을 쌓고
한성의 백성들을 분거케 했다."라는
북한산성에 대한 기록이 처음으로 등장하네요.

그리고
백제가 하남 위례성에 도읍할 때
도성을 지키기 위해 북방의 성으로
개로왕 5년에 축성했다는 기록도 보이네요.

백제는 4세기경에
비약적인 발전을 보게 되는데
근초고왕의 역할이 컸던 것으로 보인다.

사록에는 「삼국사기」 근초고왕 26년 조에
"도읍을 한산(漢山)으로 옮겼다."
그리고 「삼국유사」 에서도
"북한산으로 도읍을 옮겼다."

아마도
왕성을 강남의 하남 위래성에서
북한산성으로 옮겼나보다.

천도 직전인 371년엔
근초고왕 부대가 평양성전투에서
고구려의 고국원왕을 전사시키는 등
백제의 기세가 욱일승천하던 무렵이라
북진책의 일환으로 그 중심축인 왕성을
북한산성으로 옮겼을 것으로 보인다.

그러나
그 무렵의 삼국사기에는
"고구려와의 전투를 위해 7천명의 병력을
이끌고 한수를 건넜다."라는 내용으로 보아
북한산성에서의 왕성이 오래 유지되지는
않은 것으로 보인다.

그래도 북한산성이
왕성으로 격이 높아져 있었고
그와 같은 여건 성숙은
후에 고구려의 남평양성 지소가 되게 한다.

근초고왕시대에는
북으로 한(漢)의 군현을 멸망시켜
고구려와 국경이 맞닿게 되고
남으로는

마한의 남은 세력을 정복해 가고
바다 건너
중국의 요하지역까지도 점령해 간다.

이와 같이
백제가 한동안이나마
힘 있는 대국이 될 수 있었던 것은
천혜의 조건 북한산성을
차지하고 있었기 때문이리라.

고구려 북한산성

한동안 백제의 기세에 밀려
숨죽여 있던 고구려에서도
걸출하고 젊은 광개토왕이 나타나게 된다.

광개토왕의 재위 동안
공격한 성이 64곳, 촌이 1400에 달할 정도로
그의 말발굽이
미치지 않는 곳이 없게 된다.

특히 그의 증조부인 고국원왕이
백제 근초고왕과의 싸움에서
전사하게 된 한을 씻기 위해
임진강과
한강연안의 방어성을 대부분 빼앗는다.

이때만 해도 광개토왕은
백제 아신왕이
신하가 되겠다는 항복만을 믿고
고구려로 돌아가게 된다.

그러나
아들 장수왕 때에는 사정이 달라진다.
강력한 고구려의 기마부대를 앞세워
백제를 공격한다.
7일 만에 북한산성을 빼앗는다.
그로 인해 백제의 도성은 유린되고
백제 개로왕은 끝내 살해 되고 만다.

이처럼 북한산성은
백제초기 도읍지인
위례성이 들어선 이후로
한강유역을 통제하고 수비하는
요충지가 되어
삼국의 세력이 충돌하는 전략상
중요한 산성이 되어 간다.

조선조 북한산성

조선왕조가
한양에 도읍을 정하면서
북악산 아래에
정궁인 경복궁을 짓게 된다.

이렇게 되기까지엔
동방의 청룡
서방의 백호
남방의 주작
북방의 현무
그에 해당하는 산이 에워싸야
명당이라는
풍수지리설에 기초했다.

북악산은 현무에 해당하는
명당의 뒷산 진산(鎭山)이 되고
남산은 주작에 해당되는
명당의 앞산 안산(案山)이 된다.

그리고
북악산에서 갈라지는
낙산줄기가 청룡이 되고
백악산 서쪽으로 이어져

웅크리듯 솟구친 인왕산이
백호가 된다.

이로써 조선 태조는
명당으로 보는 한양을 금성철벽으로
보호해야 한다는 생각을 하게 되고
도성 외곽으로 북한산을 따른
이중 축성론도 이해하게 된다.

그러나
인조가 청나라에 약속한
축성금지조항이 걸림돌이 된다.

숙종 때에 와서야(1711)
오늘의
석성산성이 이루어지게 되어
14개소의 성문
130칸의 행궁
140칸의 군창
승군을 위한 136칸의 중흥사
그리고
99개소의 우물
26개소의 저수지도
같이 하게 되었네요.

영웅신 최영 장군

통일로를 따라
북으로 올라가다 보면
필리핀군 참전기념비 옆에
'최영 장군 묘 입구'라는 표석이 나온다.

표석을 따라 사잇길로 들어가면
대자동 대적골 마을이 있고
그 마을에서 산기슭으로 400m정도 올라가면
대자산 중턱에 최영 장군의 묘가 있다.

특징으로는
고려시대 말에 볼 수 있는
장방형의 2단 호석을 두른 방형묘라는 점이다.

묘 앞에는
상석, 혼유석, 향로석이 있고
그 좌우에는 묘비와 충혼비
그리고
망주석과 문인석이 각각 세워져 있다.

묘 아래 50m 지점에는
이 지역 무속인들이 만든 것으로 보이는
돌무더기가 남아 있어
토속신앙 적 의미를 찾아보게 한다.

“내 평생 탐욕을 가졌으면
내 무덤에 풀이 날것이로되
그렇지 않다면 풀이 나지 않으리라.”고 했던
장군의 유언대로 풀 한포기 나지 않은
붉은 무덤이어서
“최씨 앉았던 자리엔 풀도 안난다.”는
속설을 낳기도 했다

그러나
지금은 잔디가 입혀져 있다.
오늘의 모습은 1928년 장군의 후손들에 의해
정비된 묘역이기 때문이란다.

최영 장군은
나가면 반드시 이기는 상승장군이요
들어오면 부정과 불의를 퇴치하는
강직한 재상으로 인식되어 있었다.

당시의 상황은
원나라가 쇠하고
명나라가 일어나고 있었다.

최영 장군은
강경파의 수장으로써 북진정책을 고수했고
우왕의 뜻도 북진에 있었다.

그러나 최영 장군이
직접 지휘하지 않는데 문제가 있었다.

과거 최영 장군이
제주도의 목호반란을 진압하러 간 사이에
공민왕이 살해되었던 예가 있었기 때문에
우왕은 한사코 최영 장군을
개성에서 떠나지 못하게 했던 것이다.

이윽고(1388.5.22)
역사적인 위화도 회군이 감행되고 만다.
왕의 판단을 흐리게 한
최영을 제거해야한다는 명분을 앞세워
개경을 공격해 왔던 것이다.

그로인해 무적의 최영 장군도
고향인 고양현으로 귀양 가게 된다.
그리고 참수된다.

이 소식을 들은 개성시민들은
집집마다 문을 닫고
하염없이 슬피 울었다고 한다.

그 후부터
무속세계에서는 최영 장군을
영웅신으로 영원하라.
추앙하게 되었단다.

연산군과 고양의 눈물

"가린원(嘉麟院)으로부터 창경릉(서오릉) 남쪽을 둘러
행주의 길과 합하여 금표를 세우고,
산언덕이 끊어진 곳에는 목책(木栅)을 설치하여
그 안의 인가를 모두 철거시키고
밭과 논도 경작을 금하였다."

이는 연산군 폐정에 상징성이 큰
'금표비(禁標碑)'에 관한
연산군일기 부분이다.

즉위 초에는
순탄하게 통치되어 가는 듯했다.
그러나 조정을 장악하고
권력을 손아귀에 쥐게 되면서부터
포악한 왕으로 돌변하기 시작한다.

매일같이 향연을 베풀고
기생을 궁으로 끌어들이고
여염집 아낙을 겁탈하고
심지어 친족과 상간하는 등
패륜 왕이 되어 간다.

당시 조선은 유교의 나라였다.
국왕은 군주(君主)로서 군자답게 처신해야 했다.
왕은 하늘을 대신하여 백성을 다스리므로
천륜에 마땅하여야 하고
그 정치도 애정으로 베푸는 인정이어야 했다.

그러나 연산군은
문신들의 직간이 귀찮다는 이유로
언관을 이루고 있는
사간원, 홍문관, 경영관을 없애버린다.

이것도 부족해
성균관의 유생들을 쫓아내고
대신 유흥장을 차리고
선종의 본산인
홍천사도 마구간으로 바꾸어 놓고 만다.

이에 부당함을 지적하는
고양 주민들을 박해하기 시작한다.
사방 100리에 출입을 금지시키는
'대자동금표비'가 세워지기에 이른다.

직언했던 고양 주민들을
능지처참하고

그들의 가산을 몰수해 버린다.

이 지역은 괘씸죄로 혁파되고
주민들을 철저하게 쫓아내고
전용수렵장으로 만들어 버린다.

쫓겨난 주민들은
초근목피하는 일상이 된다.
금표 밖의 주민들도 나무나 풀을 베러 가다가
잘못 금표를 범하게 되면
죄를 따지지 않고 죽임을 당하니
가만히 있으면 굶어죽고
움직이면 베어 죽을 형편이었다.

그런데도 부역에 시달려야 하고
사냥 시에는 모릿군으로 동원되어야 하고
사냥꾼들의 식량도 제공해야 하는 등
민폐가 극심했다.

결국 반정의 기운이 나돌기 시작한다.
주역 박종원은 원래 무신출신이었기에
기존의 군사조직을 활용할 수 있어
거사를 성공시킨다.

거사와 함께 중종시대가 열리자
쫓겨 간 주민들이 돌아오고
금표비는 제거된다.

월산대군이 남긴 성찰

월산대군이 불쌍하다.
그래 세조는
정동 1번지에 2만평의 땅을 하사한다.

선조가 임진왜란으로
하염없이 북으로 도망가다가
가까스로 한양에 들어와 보니
경복궁, 창덕궁이 다 파괴되어 갈 곳이 없다.
어쩔 수 없이 월산대군 집에 세 들게 된다.
왕이 하루 자고나니 궁이 된다.
오늘날의 덕수궁이다.

아버지(덕종)가
왕위에 오르지 못한 채 일찍 죽게 되고
대신 작은 아버지인
예종이 왕위에 오르게 되면서부터
그의 운명은 바뀌어가게 된다.

그 후 예종조차도
오래지 않아 죽게 되자
다음 왕위가 복잡한 문제로 얽히게 된다.

순리대로라면
예종의 아들 제안대군이

다음차례가 되어야 했지만
인수대비와 한명회 그리고
세조의 비인 정희왕후의 지원을 받고 있는
월산대군의 동생이
왕 위에 올라 성종이 된다.

성종으로서는
형에 대한 미안함 때문에
극진히 대우하려
자주 월산대군의 집에 들르게 된다.

월산대군 역시
동생을 배려해 정치에 관여하지 않고
산과 달을 벗 삼아 풍류를 즐기려 한다.

이 무렵부터
고양지역을 자주 찾게 된다.
그의 무덤도 생시에 자주 찾았던
고양시 신원동 너멍골에 있다.

그의 무덤 비명에는
월산(月山)을
아예 달과 산 모양으로 그려 놓았다.
묘의 방향 역시
한양을 뒤로하여 북쪽을 바라보게 했다.

북향을 한 것은 후대에 큰 인물이 나와
정치에 관여하게 되기를 바라지 않았기 때문이다.
그의 저서 '풍월정집'에서도
그의 무욕의 심성을 읽을 수 있다.

"추강에 밤이 드니 물결이 차노매라
낚시 드리우니 고기 아니 무노매라
무심한 달빛만 싣고 빈 배저어 오노매라."

아무런 욕심이나 잡념 없이
강호 자연 속에 살아가는 맑은 심성의 경지를
가득한 달빛에 비유함이리라.

35세의 젊은 나이로 세상을 떠난
월산대군에 관한 기록이
'조선왕조실록'에 97번이나 등장한다.
대부분 긍정적이고 귀감이 되는 내용들이다.

현실의 모두를 품어 스스로 녹여내고
자중자애 하는
달관된 삶을 살았으리라는 생각이 든다.

사신들의 객관 벽제관

벽제관지는
옛 사신들의 숙소였던 곳이다.
의주대로의 한양외곽 시작점인 고양동에 있다.

의주대로는 수많은 연행사신들이
당대의 외교적 현안들을 해결하기 위해
중국 북경을 오가던 길이다.

실학자들에게는
새로운 세계에 대한 탐구와
새로운 시대정신을 구현하기 위해
나섰던 길이기도 했다.
일종의
동아시아 문명 길이었던 셈이다.

벽제관은
연행사신들의 출발과 도착 시
숙박도 하면서 진지한 답변준비로
격론이 벌어졌던 곳이라
야사에도 이야기 거리가 많은 곳이다.

그러나 일제 때에 일부가 헐렸고
6.25사변을 겪으면서 불타버린다
현재 남아 있는 것은
7척 간격 원좌주초석의 장대석만이다.

꼭두새벽에(1592.4)
선조는 대궐을 뒤로 하고 피난길에 오른다.
피난조정의 행렬이
눈물로 빗물을 적시며 지냈던 곳이기도 하다.

임진왜란 때의
벽제관전투에 대한 기록도 중시하고 있다.
파주에서 서울로 향하려면
혜음령고개를 넘고
벽제관지를 지나야 한다.

특성을 활용하지 못한
명나라 이여송 군대가 결국 왜군의 피습으로
패배를 당한 곳이기도 하다.

이런 상황을 알게 된 권율장군은
수원에서 비밀리에 행주산성으로
병력을 옮긴다.

거들먹거리던 명군 대신
대승을 이룸으로써
우리군사만으로 다시 승기를 잡게 된다.

이처럼
벽제관은
비통함과 환희가 교차했던
역사의 현장이네요.

흰 돌 아기장수 이야기

식사동 견달산에서
기우제를 지내니
비가 한 달이나 지속되네.

이제는
비를 그쳐달라고
다시
제를 지내야겠네.

싸리나무골, 절골, 달걀뿌리마을을
한눈에 바라볼 수 있는
견달산에 올라

무심해진 하늘만 탓하고 있는데
강물 위에 반짝이는 물체
가까이 보니
하얀 돌덩이가 아닌가.

더
신기한 것은
벌거벗은 아기장수도 있음에라.

결국
도당산 모퉁이에 걸리니
한 달이나 쏟아지던 비도 그치더란다.

아마도
아기장수가 탄 흰 돌덩이를
옮기려
긴 장마가 있었나 보다.

신령님이 보낸
길조라는 생각에
지극정성으로 보살핀다.

두 번째 괴이함도 있다.
아낙네들이
젖동냥을 하며 키우는데
이상하게도
흰 돌덩이를 벗어나면
질겁을 하고 울더란다.

그 후부터
돌 지킴이가 되어 젖을 먹이게 되니
이곳을
'흰 돌마을'(백석동)이라 부르게 되었단다.

마을에는
평화가 오기 시작한다.

이웃 간에 다툼이 없어지고
괴질이 없어지고
고기잡이배
풍랑에 뒤집히는 일도 없어진다.

살기 좋은 곳으로 소문이 나자
장사꾼들이 드나들게 되고
새로운 뱃길도 열리게 되어
'흰돌장'이라는 시장까지 들어서게 되더란다.

주민들의 생활형편까지 좋아지자
이제는
시샘하는 이웃 마을 걱정이다.
그 중에서도
'민머리 최영감' 행패가 심했나보다.

최영감이 하루는
흰 돌과 아기가 있다는 백석마을의
도당산에 찾아가
도끼로 흰 돌을 내리친다.

세 번째 괴이한 일이다.
조각난 돌덩이 사이에서
피 흘린 학이 나와
하늘 높이 날아가더란다.
그리고
천둥소리가 요란했단다.

이에 놀란 주민들이
도당산에 올라 보니
흰 돌은 깨지고
아이 장수는 없어지고
최영감만 벼락에 맞아 죽어 있더란다.

그 후부터
백석마을에는 예전처럼
다시 괴질이 생기고
이웃 간에 다툼이 생기고
고깃배들이 풍랑에 뒤집히고
장사꾼들마저
'일산장'으로 옮겨가고 말았단다.

오늘도
순박했던 주민들은
옛 아기장수와 흰 돌을 그리워하며
자연의 질서에 순응하는
기다림의 삶을 살아가고 있네요.

일산민속 호미걸이

음력 7월 15일을
백중이라고 한다.

일산 대화 뱀개마을에서는
햇과일과 농산물을 신에게 올리는
천신(薦新)을 하고
여름내 논매기로 고생해온 머슴들을
하루 쉬게 한다.

그래서
이 날을 머슴 날이라 하고
호미를 씻어 걸고 논다는 뜻에서
'호미걸이'라고도 한다.

먼저 상산제를 지내고
그 후 놀이로 들어간다.

새참을 나르는
아낙네들의 구성진 농요 놀이,
천민들에 대한 양반들의 탄압에
반항적 익살로 나타냈던 병신춤 놀이,
옛 머슴들이
비웃으로 유용해 왔던 도롱이춤 놀이,

그리고
두벌 논매기를 마치고
다음 해를 기약하며 보관대에 걸던
'호미걸이의식'으로 이어 간다.

이와 같은 놀이와 제의를 통해
평소에 지니고 있던
갈등적 요소들을
부지불식간에 해소하게 한다.

그리고 농사일은
자연의 변화에 따라
결실이 달라지므로
자연의 위력에
경외감을 느끼게 하고

지배하는 신령에게
주술을 베풀어
풍성한 수확을 기원한다.

마침내는
신령과 인간이 한데 어울려서
흥겹게 노래하며 춤춘다.

일산민속 용구재 이무기제

일산 대화동 내촌마을에는
용구재라는 고개가 있었다.
이곳에서 용이 못 된 이무기에게
제를 지낸다고 해서 붙여진 이름이다.

언제부터인가
이무기의 안타까움이 구전되어 오고 있다.

용구재 아래 웅덩이에
용이 되기 위해 도를 닦던 지네가 있었대요.

물에서 천 년, 돌에서 천 년
그리고 흙에서 천 년이나 도를 닦아야
용이 될 수 있었으나
마지막 천 년을 3일 남기고
주민들의 부정으로
용이 못 된 이무기가 되고 말았대요.

그게 악연이 되어 매년 심사를 부리니
마을에 괴질이 돌고 강물 범람으로
다 된 농사마저 망쳐 놓았대요.

이무기의 마음을
달래야 한다는 일념으로
해가 바뀌면
우선 이무기제를 지내게 되었대요.

웅덩이가 바라다 보이는
용구제 언덕에 제당을 짓고
명계라 불리는 산닭과
허수아비 제웅을 만들어 바치었지요.

이무기의 모습은
말의 머리에 사슴 뿔
그리고 몸통은 뱀으로 하되
대나무와 섬거적으로 싸서 만들어야 하니
매년 보아도 괴이한 모양이 되더래요.

이 괴이한 이무기를
틀꾼들이 장광틀 위에 올려 메고
한을 위로하는 노래를 부른다.

마을을 돌고 돌다가
'이무기 모시기' 로 이어간다.

강물과
육지가 맞닿은 강구재로 옮겨
이무기를 모셔갈 상선을 기다린다.

당시
상선들의 불안은
배가 풍랑에 뒤집히는 일이었대요.

배에 싣고 가다가
위험하다고 느껴지면
바다에 띄워 제물로 바치었나 봐요.

주민들은
출해를 기원한다.
이무기 달래기 노래로 기원한다.

나의 유소년 노트

나의 유년 이야기

6.25전쟁의 상흔은
아무리 지우려 해도
지워지지 않는 애달음이다.

끄륵 끄르륵…….
기계음소리에 얹혀 '인민군 남침 뉴스'가
절박하게 흘러 나온다.

전쟁 개념이 모호하던 나이라
무서움도 모른 채 그렇게
얼마인가를 더 보낸다.

그러나
이웃 어른들의
허둥대는 모습에서 위기임을 감지한다.

자고 나니
그 어른들은 사라지고 없다.
마을 뒷산으로 숨어 들어간 것이다.

다음날 해질 무렵에는
총을 멘 인민군이 갑자기 나타나
군가를 배우라고 윽박질이다.

저녁만 되면
군가를 부르며 밤늦도록
마을을 돌고 돌았던 기억이다.

그 후부터 싱그럽기만 했던
평화의 마을이
전쟁터가 되어가고 있었다.

아니나 다를까
국군이 안개 짙은 섬진강
아침을 틈타 도강 기습해 왔다.
하룻밤을 꼬박 새운 전투였다.

인민군들은
산으로 도망을 갔고
마을엔 시체들만 나뒹굴었다.

아이러니하게도
인민군이 싫어 산으로 도망갔던
마을 어르신들은
국군에게 쫓겨 올라온 인민군들에게 잡혀
생사를 같이 하게 된다.

그들을
우리는 빨치산이라 부르며
무서워했다.
땅거미가 지면
이미 엄습해오는 공포감에서
벗어날 수가 없었다.

내 유년기에 입혀진
골 깊은 상처가
내 생애
아물 가망은 있는 건가.

쇠죽 쑤시던 뒷방부엌

하늘에는
쌕쌕이가 날아다니고
어른들은
일하다가도 바닥에 납작 엎드린다.

군인아저씨들은 밤낮으로
대열을 지어
끝도 없이 섬진강을 따라 내려간다.
부산을 향해 후퇴 중이었던 것이다.

아버지는
그때부터 송아지를 기르기 시작한다.

어려울 때는
농사를 지을 수 없으니
대신 소라도 길러야 학비를
댈 수 있다는 말씀이었다.

뒷방 부엌에 큰 가마솥을 걸고
매일
새벽이면 여물을 쑤셨다.

아궁이에 넣으려
삭정이 분지르는 소리

후두둑 불꽃 일어나는 소리
호르륵 불꽃이 아궁이로 빨려 들어가는 소리
여물 뒤적이려 몰아쉬는 거친 숨소리
그리고 문틈으로
스며오는 새콤달콤한 쇠죽냄새

그렇게 하루도
빠지지 않고 새벽에 쇠죽을 쑤셨다.

덕분에 아들 방은 따뜻했고
한겨울 추위도 모르고
무럭무럭 자랄 수 있었다.

아버지는
밤이면 뒷산으로 올라가
수시로 피신처를 옮겨 다녀야 하셨다.

그 와중에서도 새벽이면
서리를 밟고 이슬을 적시며
용케도 뒷방 부엌으로 내려오시곤 했다.

그 아버지는
일찍 세상을 떠나셨다.

남겨주셨던 송아지는 어미가 되어
격년으로
한 마리씩 새끼를 낳아
자식들 학비가 되어 주었다.

형님 생각

무서리 내리면
형님 생각이 난다.

겨우살이 준비가 시작된다.
타작이 끝난 마당에는
짚가리가 덩그렇게 들어선다.
그리고
이엉 엮기가 시작된다.
형님은 이엉 역기 달인이다.
밤늦게까지 엮어도 웃는다.

다음 날엔 초가에
지붕 입히기가 시작된다.

헌 이엉 걷어내자
제집 지키려 참새들이 안달이고
지붕을 버티고 솟은 굴뚝에선
모락모락 연기 피어오르고
뒤란 감나무에선
먹이 잃을까봐 까치가 울고 있다.

첫눈 내릴 무렵이면
형님 생각이 난다.

김장 준비에 들어간다.
서로 품앗이 하려 아낙네들이 분주하다.
형님은 물 지개 질에 쉴 틈이 없다.

배추김치, 동치미, 파김치, 갓김치, 깍두기
하루에 못하면 다음날까지다.
형님 할 일은 다음날도 기다린다.
앞마당 가장자리에 구덩이를
나란히 파 김칫독을 묻어야 한다.

뒤뜰 모퉁이에도 구덩이를 파야 한다.
방공호처럼 파서
바닥에 짚을 깔고 무를 차곡차곡 쌓는다.
지붕으로 막대기들을 얼기설기 엮어
거적이나 가마때기로 덮는다.
마지막으로 흙을 덮어 보온이 되게 한다.

그 형님은
지적장애를 가지고 있었다.
일 외에는 할 수 있는 게 없으니
힘들어도 투정부리는 법이 없다.

6·25 전쟁이 터지자
우리 가족은 여러 곳으로 피난을 다녔다.
하루는 순천에서 구례읍으로 가다가
어린 나이에 교통사고를 당했다.

질주해 가던 사고 차는 군용 지프차였다.
머리에서 피가 솟는다.
상황에 놀라 바라보고만 있는 사이
어디론가 사라지고 말았다.

수소문 끝에 군인부대에서 형을 찾았으나
가족을 알아보지 못한다.
그 후로 지적장애아가 되고 만 것이다.

참으로 애달프다.
전쟁와중이라
항의 한번 해보지 못하고
제대로 된 치료 한번 받아보지 못하고
고생만 하다가 일찍이
생을 마감하고 말았으니

그 형님 생각만 하면
오늘도
애달파 운다.

애달프다. 내 고향 반내골

백운산 줄기가
구례 문척 땅에 와 매듭지으면서
깊은 골물을 토해낸다.

반내골이다.
백운산 자락타고 힘차진 골 물
월평마을에서 시작되는 반내이고
나를 튼실하게 키워준 골이다.

한 때 빨치산의 해방구라는
격변을 이겨 내면서는
골 깊은 아픔도 쌓여 갔다.
우로 가는 길
좌로 가는 길
좌로 가다 우로 가는 길

어느 길이고 덫이 되어
가을에 지던
나뭇잎만큼이나
무참히 져 버렸던 사람들

그들은
그들의 친척이고

그들의 이웃이었네

그런데도
적이라며
밤새워 도륙질이었으니

아침개울은
붉게 물들어
쾰쾰
콜콜
통곡했네.

밤새 통곡하다
피로 물든 골골
그래 불린 반내골

해가 뜨면
국군이 밥해 달라 하고
어둠 깔리면
빨치산이 양식 훔쳐가고

밤낮으로 주인이 바뀌어가는 세상
그렇게 하루에도
삶과 죽음이 오갔던 곳
유년기
내 고향이었네.

회상(回想) 보릿고개

가을걷이 마치면
밭 갈아 이랑 만들고
낮아진 골에 보리씨 흩뿌려
고운 흙 가벼이 덮어주네.

싹이 돋아
파릇파릇해지면
웃자라 추위탄다고
보리 밟아
뿌리 잎 재워 튼실하게 키워가네.

봄이 되면
속빈 줄기 훌쭉히 커가고
어긋난 잎 자라 애송이보리 열리네.

이때쯤이면
보릿고개 소리
여기저기서 주뼛하게
튀어 나오기 시작하네.

배고파 보채는
아이들의 울음소리
풀뿌리 캐는
아낙네들의 한숨소리

소나무 속 발라내려 산타는
남정네들의 거친 숨소리

식량 빌리려
애원하다 지친 할미 소리
밀린 고리채로
오가는 동서 간의 다툼 소리
죽을힘을 다 해도 결국
죽어가는 도짓집 초상 소리

이 한 많은 4월이 지나면
보리가 익어가
풋보리 보리 그스름하며
망종을 기다리네.

망종이 지나야
겨우 풋보리 이삭 뜯어
볶고 갈아 보리죽이라도 먹게 되었네.

그간 배고프다고 칭얼대는
자식들 앞에서도
대책이 없어
허망하고 무기력해진 어른들

그래도
희망을 놓지 않고
다음 해의 봄을 기다렸네.

섬진강은 각설이 고향

섬진강변 하얀 지평
모래 위에 아지랑이 꼬물거리고
순한 하늘에 봄빛이 채워 오면
삼남지방에서
각설이패 모여들기 시작이다.

모래 둑 쌓고
지난 홍수에 밀려온 토막들 모아
움막지어 일 년 할 각설이 준비한다.

내가 다니던
학교 길목이라 운명처럼 만난다.
후줄근 모자 추레해도
나는 단방에 알아본다.
그렇게 각설이타령을 보고
들으며 학교를 다녔다.

얼씨구씨구 들어간다
절씨구씨구 들어간다
작년에 왔던 각설이 죽지도 않고 또 왔네
끝도 없이 이어지고 반복되다
허기지면 건너 마을에 구걸 나간다.

주인양반 생일 암기는 기본이고
마을 경조사도 적중이라
찾는 집마다 성공이다.
문전에서 각설이 한 바탕이면
동냥그릇 그득이라.

품바소리 높아지면
이웃들도 흥에 겨워 모여든다.
독재시절엔
민초들의 억눌린 가슴을
정치풍자로 풀어줘
호응도가 더했던 기억이다.

섬진강 안에서
품바(각설이)는 걸인들의 아이콘이다.
타령의 시작과 끝에 반드시 나오니
입방귀 후렴인 셈이다
그래 우리는 섬진강변을
각설이 고향이라 부른다.

통학 길 구릉고개

구례군 문척면 월평
섬진강 안
외진 마을에서 유년기를 보낸다.

중학교를 다니려면
구릉고개를 넘어야 하고
섬진강 나룻배를 타야 한다.

삼학년이 되자
고교 진학을 위한 보충수업이 있다.
어두워지면 벌써
수업은 건성이 되고 배탈 생각뿐이다.

뛰듯이 강가에 이르러
사공! 사공!
인적이라도 느껴지면
더 크게 거푸 부른다.

나룻배가 느리고 조심스럽게 도착한다.
묻지도 않았는데 혼자 타기가 미안해
주절주절
학교에서 있었던 일과를 토해낸다.

건너편에 와 닿는다.
일정한 선착장이 없다.
신발을 벗고 얕은 물을 건너 뭍으로 나온다.

그래도 안도의 숨을 쉰다.
이제는 뭍길 걷기다.
구성마을을 지나 숲으로 우거진
구릉고개에 이른다.

고개 입구에는 처녀 묘가 버티고 있다.
구릉고개 지킴이로 전해오는
힘 센 처녀귀신이다.

매번 "귀신은 없다."고 주문을 외워 보지만
묘 앞에 이르면
등골이 오싹해 온다.

쫓기듯 고개 정상에 이르면
멀리서나마 불빛이 보인다.
발걸음이 한결 가볍다.
단숨에 월평마을에 이르면
마을 입구에는 언제나
등불을 들고 기다리는 분이 있다.

형님이셨다.
내가 무서워 할까보아
많은 이야기로 조잘조잘
그 중에서도 고향을 떠나란다.

그분은 일찍 세상을 뜨셨지만
형님 당부대로
그 고개를 오래전에 넘어와 버렸다.

그리고
쉬이 돌아가지 못하는
타향에서 고희를 맞고 있다.

월평 선돌 이야기

기차 여행길
굽이굽이 섬진강
길 따라 구례구에 내린다.

섬진교를 건너야 구례다.
다리에서부터 오묘함에 시야를 빼앗긴다.
강 건너 오산절이다(사성암).

가파르게 깎아지른
절벽 돌기에 사찰이 있는 게 아닌가.

더 불가사이 한 것은
수십 미터로 보이는 바위산이
깊숙이 갈려
천상의 기를 흡입하고 있는
착각을 들게 하고 있음에라.

모험은 바위산 바닥에서부터다.
오르고 또 올라도
제자리가 되고 마는 시행착오를 거푸 하다가
겨우 올라도 통천 관문은 또 기다린다.

바위산 정상에는
두 사람정도가 설 수 있는 공간뿐이다.
그나마 둘로 갈려
천인단애 공간이 버티고 있으매

여기를 뛰어 건너야
소위 사내아이가 된다는 믿음이 있으니
소풍 전날부터
밤잠을 설치게 한 원흉인 셈이다.

신석기 시대를 지나
청동기 어느 날 바위산이 갈린다.
사이에서 빠져나온 틈 바위가
뚜벅 뚜벅 걸어
월평 문씨문중 논배미에 와서는
물꼬 보던 종손에 들켜 가기를 멈춘다.
여기까지가 문씨 가에 이어온 설화다.

그 후부터
가던 길을 멈추게 한 죄책감으로
은밀히 선돌제를 지내 위로하고 있다.

내가 어렸을 때는
구척이나 되는 키에
뾰족이 다듬어진 머리 때문에 미석으로 불렸다.
밭 갈다 새참 때는 소 끈을 매어두기도 하고
새참장이 되기도 했던 기억이다.

그러나
궁금증은 언제나 있어 왔다.
원시시대 화를 피하려 숭배하던
정령숭배의 표지물은 아니었을까.
다산과 숭배의 상징으로
생식기형 선돌을 세우지는 않았을까.
죽은 사람을 추모하는
비석의 원초형은 아니었을까.

그리고
선돌 기단 작업에 동원된
노동력을 감안하면
월평부락의 삶에 역사가
청동기 시대로 올라가게 하고
큰 촌락으로 추정하게도 하니

우리집 논배미에 세워져
5천여 년이나 이어져온 선돌이
한층 소중해 온다.

고향집 텃밭

시냇물이
가운데로 헤치어 흐르매
앞산 금평 뒷산 월평 마주해
양촌마을 이루는 곳.

그 시냇가에
기와집 짓고
텃밭 이뤄
감나무랑 산수유 심어 두었네.

선들 옥답에 자운영 꽃피어
꿀벌 윙윙 거리고
텃밭
감꽃 피고지다 떨어질 즈음이면

통나무
마루에 누워
새 세상 스쳐가는 오수에 들곤 했네.

용마루 넘어 우짓는
새 소리
울타리 밖 졸졸거리는
시냇물 소리
사푼사푼 떨어지는 남새밭
감꽃 소리
새근대는 외양간 황소의
새김질 소리
병아리 먹이려 부르는 어미닭
신호 소리
아스라이 찾아오는 꿈속에서
그 모두를 만나보곤 했었지.

그렇게 익혀온 고향 텃밭이라
초여름 감꽃 떨어지면
오늘도
시냇가 텃밭이 그리워지는 걸.

외갓집 가던 길

외갓집 가는 길에는
언제나 설렘이 있었다.

환한 얼굴에 온몸으로
맞아주시던 외할머님이 계셔서요.
사랑채 디딜방앗간 처마 끝까지
늘어진 살구나무가 있어서요.
안채 뒤 안에
지붕 가린 감나무가 있어서요.
거기에
오봉산 기암괴석에 맞서보는
스릴까지 있어서였으리라.

오봉산은(구례군 문척면 화정리)
모난 바위들로 덮쳐올 듯한 기암괴석들이라
죄 짓고는
감히 접근할 수 없는 절벽 산.

길 아래는 지킴이 장사바위가 있고
섬진강물이 휘감아 도는 감돌이가 되어
수심이 열 길이나 되는 말소(馬沼)가 있고
엇비슷한 소(沼)들이 절벽을 끼고 있다.

말소는 정유재란 시
왜 기병들이 의병을 피하다
절벽에서 떨어져 수장된 데서 유래한단다.

불리해진 임진왜란
재공략으로 섬진강 안 따라 북상하면서
온갖 만행을 다 저지르다가
그 죄 값을 여기에서 치른 셈이리라.

벼랑 위 모롱이길
괴석들을 들춰보다가
살쾡이를 호랑이로 오인해 혼비백산했던 기억

그 후로
오봉산 길은 공포의 대상이었지.
들어서면 앞만 보고 무조건 뛰었고
화정마을에 이르러서야 한 숨 돌리며
영웅담이 된 듯 재잘거렸던 기억이다.

나이가 들어서는
오봉산 풍광이
마치 조선조의 정전 같다는 생각도 했었지.

정전이 그러하듯 중앙에는
왕이 앉을 용바위(용상)가 있고
뒤에는 오봉산(五峯圖)이 펼쳐 있고
그 앞에는 물이 흐르고
양변에는 '하늘사다리' 역할을 하는
늘 푸른 소나무가 튼실하게 솟아 있다.

더구나 오봉산 건너에는
운조루(雲鳥樓)로 알려진 대저택이
이곳 오봉산을 안산(案山)으로 하고 있으니
이곳이
왕궁의 정전이 될 수도 있었겠구나.

이렇듯
나의 외갓집 가던 길은
역사가 있는 수려한 풍광 속에
명당 길만 밟고 달렸던 셈이네요.

나의 서울 유학

1963년 이른 봄
당시의 화두는 '보릿고개'였다.

감히
시골 중농 집안 자손으로서는
서울 유학을
꿈도 꿀 수 없던 무렵이다.

나의 아버지는
열다섯 마지기에 농사를 짓고 있었으니
중농인 셈이다.

그러나
자식만은 가르쳐야 한다는 생각이
남달리 강해
당신의 소신이었고
당신이 살아가는
이유이기도 했던 것 같다.

대입시험 2일 전에
구례에서 완행열차를 타고
20여 시간 만에 서울역에 내렸다.
서울광장에는 도와주겠다는
호객꾼들이 늘비했다.

미리 세뇌교육을 받고 왔기에
모두를 뿌리치고
미아리 유학촌으로 향했다.

택시는 미아리고개를 넘자
대로변에 내려주고 가버린다.
말은 통하지만
찾아갈 엄두를 내지 못해
골목길만 기웃거리고 있는데
청소하던 아저씨가
"시골에서 올라왔구나."
"예!" 따라가니
구례유학원 간판이 보인다.

그곳에는
이미 친구도 와 있었다.
반가움에 시험 준비는 접어둔 채
찾아왔던 영웅담으로 밤을 새운다.

친구야!
서울은 춥지
밤이 깊어갈수록 더 춥구나.
서울은 바람도 세지.
전깃줄이 윙윙 된바람을 내는구나.
서울은 밤에도 일을 하나보지.
밤이 깊었는데도 외등이 켜 있구나.

자정 무렵이 되자
찹쌀떡
찹쌀떡
아련히 밀려왔다가
사려~하곤 멀어져 간다.

유학촌 아침이다.
화장실 차례 줄
우물가 세수 줄
아침 식사 줄

아침식사는
돈을 먼저 내야 한다.
봉놋방 식탁엔 돈 낸 순서대로 앉는다.

밥, 콩나물국, 김치, 젓갈이
모두였던 식탁
게 눈 감추듯 먹어 치운다.
그래도 허기지면 물로 채운다.

이제 입학시험장
찾아 갈 일이 걱정이다.
을지로에서 버스를 갈아 타야한다니

어렵게 찾아
얼 나간 촌놈행세로 들어가니
서울깍쟁이들이 촌놈보고 웃는다.

그렇게 오랜 시간
시험을 끝내고 나니
피로가 엄습해온다.
버스 차창 가에 앉아 졸기시작이다.

비몽사몽에서도
길을 익혀야 한다는 생각에
창밖 풍광을 기억해 간다.
빈 텃밭, 빈 뜰, 빈 둥지, 빈 집, 빈 논두렁
빈 연못, 아직도 겨울이라 빈 것들뿐이다.

내 속도 마음도 비어온다.
미아리 장터 국밥집으로 들어간다.
메뉴판을 거들떠보지도
물어보지도 않았는데
장국밥 한 그릇을 가져온다.
내 식성에 딱이다.

서울은 참 신기한 곳이구나.
후에도 나는
그 장터국밥집을 찾는다.

나의 성년 수상 노트

아버지 밥상

종일 지게질에
허기져 돌아오신 아버지
땀에 찌든
후줄근 잠바 벗으시더니
아이고! 벌떡 누워버리신다.

어머니는 어이할꼬!
그래도 종종걸음이시다.
화로 불에 찌개가 끓고 있고
솥에는 밥물이 부르르 넘치고 있고
느슨해진 상다리까지 조심스레 펴야 하니

모락모락 밥 한 그릇
구수한 된장찌개 한 그릇
넘새 밭에서 갓 올라온 시금치무침 한 접시
젓가락 소리 내는 마늘장아찌 한 쟁반
입가심하시라는 간장 한 종지

저것들이
나를 일으키게 하는 것들이구나.
고맙게 잡수신다.

내일 아침이면 김 씨네 품앗이 가야하고
해지면 갱변에 말려둔 고추 거둬들여야 하고
다음날 보리가리.
품앗이꾼 맞으려면 밤도 없겠는 걸.

아버지는 혼자 달이
중천에 뜨도록 무명대를 뽑으셨다.
무명대 뿌리는 깊고 억세다.
온몸으로 뽑지 않으면 어림도 없다.
무명대 마다에 흔적을 남긴 핏자국들
정작 본인은 그런 줄도 모르고 보리가리다.

뒤 늦게야 안 엄마는
혀만 차다가 말이 없어진다.
아버지의 긁히고 터진 손바닥을 보시고야
살짝 눈물을 보이신다.

또 저녁이다
이 밥 한 그릇이
내일도 지게질을 하게 하니 보약이야
그리고는
밥상머리에서 잠에 떨어지신다.

며느리가, 피워가는 꽃

가냘파 보이던 며느리가
산통 끝에
늦깎이 엄마가 된다.

엄마는
숲이 된다.
숲은 먹이어 자라게 한다.

엄마 숲은 따뜻하다.
생명이 뿌리 내리도록
포근히 품어준다.
그리고 젖 줄기를 물려준다.

엄마 숲은
밤에도 잠을 이루지 못한다.
미물로부터 지킴이가 되어야 한다.

불청객이 들어오면
누리장나무를 깨워
누린내를 내게 해야 하고
소태나무를 깨워
쓴 맛을 내게 해야 하고
생강나무를 깨워
생강 냄새를 피우게 해야 한다.

엄마 숲은
한여름 대낮에도 쉬지를 못한다.
젖줄이 마를까 봐
맘 편히
오수를 즐기지 못한다.

엄마가 게으르면
숲은 생명을 잃는다.
온힘으로 뿌리에서
줄기 끝까지 펌프질을 하게 해
짙은 녹색 숲을 만들어야 한다.

대지가 식혀지면
그때에야
엄마 숲은 곤히 잠든다.

나의 더딘 길

나의 태생 길은
좁디좁은 외길에
굽어 답답한 길이었다.
좁은 길은 넓히려 했고
굽은 길은 바르려 했다.

나의 유년 길은
새록새록 추억의 길
외갓집 가는 길이 그러했고
설날 마을 세배 길이 그러했고
한가위 동구 밖 성묘 길이 그러했다.

나의 성년 길은
잔돌 깔린 자갈 길
산이라면 기슭에 자드락길이요
바다라면 풍랑 이른 뱃길이요
하늘이라면 고도의 비행길이었다.

어른이 된 어느 날
어린 아들에게서 '언클송 이야기'를 듣는다.
"주먹을 쥐면 보스 같아요." 한다.
관절에 군더더기 살들이 켜 있는
손등을 보고 하는 말이다.

그래 언클은 태권도 선수란다.
대리석 3장 정도는 쉽게 깨는 주먹이란다.

그 후로
아들은 태권도를 배우게 되었고
아버지도 덩달아
태권도 지도자까지 되었다.

50대에 들어서자
태권도 체육관을 경영하게 된다.
수의학자로 신약개발을 천직으로 알았던
보통의 아버지가 새로움에 도전한다.

어린이 성장태권도
교육프로그램으로 관심을 받으려 했고
지방민속예술에 태권도문화를 접목시켜
이 분야에서도 환대 받으려 했고
태권도 관계 논문도 여러 편이나 발표했다.

이렇게
나의 인생 두 번째 길에서는
한사코 표시 나는 종지부를 찍으려
몸부림쳐 왔던 것 같다.

그러나
순조롭지만은 않은
다양한 세상의 만남이 있었다.

이해관계로
인접관장들과 다툼이 있었고
태권도 정체성문제로
파벌에 휩쓸리기도 했고
잘난척한다는 비아냥의 소리도 들었다.

이제 제대로 된
발차기 동작은 어렵지만
그래도 연륜이 쌓인
태권도인이라는 생각에 행복을 느낀다.

아내의 할미꽃 체조

아내는 자전거를 탄다.
눈비가 아니면 매일
같은 시간에 집을 나선다.

노인복지회관에서
점심식사를 하기 위해서다.
아내는
당뇨병을 앓고 있다.
노인에게 알맞은 메뉴에다
칼로리 량까지 알려주고 있으니
여간 고마운 게 아니다.

식사 후에는
호숫가에 들러 자생하는
야생초들과 눈인사 나누고
오순도순 대화도 한다.

식사부담을 잊을 즈음이면
다시 자전거를 타고 돌아온다.
도중에
조경이 잘된 궁골공원이 있다.

운동기구들이 설치되어 있고
가변으로는
정원수를 심어 숲길을 이루고 있다.
자작나무 숲이다.

겉옷 벗어 걸터 앉을만한
바위가 있고
체조하기 안성맞춤인 공간도 있다.
시야 미치는 곳에는 들꽃이 있고
할미꽃도 피어 있으니
아내의 취향에 딱 맞는 곳이다.

그래 이곳을
그냥 지나칠 수가 없단다.
아내만이 체조하는 공간인 셈이다.

보건체조는
순서에 따라야 하고
하나 둘 셋 구령해야 맛이란다.
순서 중에는 허리를 뒤로 제치었다가
앞으로 내미는 동작이 있다.

그때마다 특유의 휘파람소리를 낸다.
소리가 신호가 되었는지
앞에 선 할미꽃도 허리를 휘었다가 편다.
여보! 할미꽃이 체조해요!

그래선지 할미꽃마다
허리가 꼿꼿하다.
샛바람에
쓰러졌다가도 어느새 서 있는 걸.

어머니의 용소치성(龍沼致誠)

그냥
흘러간 세월이 덧없어
오래도록 뒤척이던 섣달그믐
긴 밤에서 깨어나
흑룡의 해를 맞는다.

임진년(壬辰)이다.
용의 방위가 동쪽이라
떠오르는 태양의 기운을 받아
승천하는 것이 용의 기운이란다.

장엄하게 비상하는 용(龍)의 굴기
그렇듯
우리 새해도
힘찬 기지개를 펴봐야 할 텐데.

이럴 때면
어머니 생각이 난다.

공포정치로 숨 막혔던 일제강점기
해방기의 무질서
무참히 죽어갔던 6.25전쟁
목숨을 담보로 하는 빨치산과의 숨바꼭질
굶어 죽어가던 보릿고개와 초근목피

이 질곡의 삶을
온몸으로 이겨낸
작은 거인 어머니!

당신은 용을
신성스러운 신물로 믿으셨지요.
비를 내리는 기우 신이었고
물의 괴력을 보이는 용왕 신이었지요.

냇물이 마르면
마을 우물도 마른다며 가뭄에는
이른 새벽
용지동 용소에 찾아가
제물을 바치고 용신제를 지내셨지요.

용소는
푸른빛이 감돌도록 깊고
용이 하늘로 올랐다는 전설로
신성시 해왔던 곳.
그곳에서의 자식사랑
어머님 치성은 극진했었지요.

불효 저희들은
그 열정을 벌써 잊고 있습니다.

자식사랑이 남다르셨던
어머니!

올해의 용은
쓸모없는 잠룡(潛龍)이었나요.
기어이
춘분지나 삼월 엿샛날 새벽에
외로이 운명하셨네요.

부디!
동쪽 태양의 기운을 흠뻑 받은
그
흑룡타고 승천하소서!

구둔(九屯) 간이역

빨간불이 켜지고
파란불이 들어왔을 간이역 신호등
기능은 이사 가고
그냥 철기둥만이라 을씨년스럽구나.

대신 간이역 소원나무가 반긴다.
'누구나 소원 메시지를 달아주세요
꼭 이루어 줄 거예요.'
아무리 올려 봐도 달만한 공간이 없다.
까치발 세워 간신히 달고 돌아선다.

한적하다.
초록이 정말 아름다운 마을이다.
분지에는 휑하니 논밭뿐이고
사방은
초목이 무성히 우거져 울울창창이다.
시간이 멈춰선 곳
너무 시골이라
그냥 지나칠 수도 있겠구나.

수리봉과 고래산
그 자락에 의병 진지가 아홉이라
구둔(九屯)이라 했다니
왜군에 맞서

분연히 일어나 의협하고
나라 사랑하던 애국의 마을이었으리라.

그 정신에 그 후손들
오늘도
가난하지만 친환경농업을 고집한다.
혹시라도 주말농장 한다고
농약 뿌리면 혼쭐이 난다.

마을 앞엔 개울이 잔잔히 흐른다.
가재가 기어 다니고
피라미들이 유영하고
산란기가 되어 혼인 색으로 변해가는
물고기들의 화려한 신비도
체험해 볼 수 있는 곳.

그래 구둔을
너무 시골이라 부르나 보다.

프랑스 수녀원 이야기
(오페라 '카르멜회 수녀들의 대화')

프랑스 대혁명 시대다.
공포정치의 탄압을 받아오면서
여기에
비극으로 점철된 수녀원과
수녀님들의 이야기가 있다.

1794년은
프랑스 시민혁명 5년째를 맞는 해이다.
그해
카르멜회 수녀님들이 갖은 고난을 겪어오다
단두대에서 사라지고 만다.

이 사건을 전해들은
독일 여류작가 폰레포르트(Gertrud von le fort)
충격으로 필을 든다.
소설 『사형대에 선 최후의 여자』이다.

이 소설이 원작이 되어
오페라로 진화되어 유럽 오페라 계를
또 한 번 충격에 빠지게 한다.

당시 신권왕정 밑에서는
모든 국민이 단순히 국왕의 신하에 불과했다.
그 위에 소수의 귀족, 성직자들만이
별도의 특권신분을 구성하고 있었다.

여기에 반기를 든 혁명세력들은
교회와 수도원을
혁파의 대상으로 삼았던 것이다.

그러나 카르멜회(갈멜회)는
12세기 십자군과 순례자들이
이스라엘의 카르멜산에 정착해
인고의 세월을 보내던 데서 유래하고 있다.

봉사를 위해
자기희생을 전제로 하고 출발한다.
고행과 명상을 생활 원칙으로 하고
그에 따른 계율 또한 엄격하다.
이처럼 오직 봉사와 희생의 정신으로
무장되어 있는 카르멜수녀님들이
프랑스 혁명기엔 대대적인 탄압을 받는다.

이제 오페라로 들어가 볼까요.
등골을 섬뜩하게 하는
단두대의 예리한 칼날소리를
소름끼치도록 들으면서
수녀님들은 큰소리로 합창한다.

"여왕께 경배 드립니다.
우리의 생명
우리의 기쁨
우리의 희망이시여!
경배 드립니다."

둔탁한 칼이 금속성의 소리를 내며
날카롭게 들려오는 공포 속에
수녀 목은 하나씩 잘려 나간다.

이렇게 16번이나
간장을 녹아내리는 쇳소리를 들려주려
오페라는 3막으로 이어간다.

제1막엔 1789년 4월의 파리가 나온다.
주인공 불랑슈는
폭군들을 피해 카르멜 수녀원에 들어간다.
병고로 고생하시는 수녀원장님을 발견한다.
원장수녀님에게 약을 주소서!
통증만이라도 진정시켜주소서!
결국 고통 속에 운명하고 만다.

제2막에는 새 수녀원장이 부임한다.
혁명정부는 미사집전까지 금지시킨다.
이에 분개한 수녀님들은
목숨을 걸어서라도 공포정치를 막자고 결의한다.
그때 혁명군들은 차단 문을 밀고 들어와

수녀원 재산 모두를 압수해 간다.

제3막에서는 함께 순교하자고 서약으로 항거한다.
이를 안 폭군들은 수녀 복까지 모두 벗겨
수녀원을 떠나게 한다.
그리고 반역 모의 죄로 체포해 감옥에 가둔다.

최후의 클라이맥스는 여기에서부터 시작해
파리의 혁명광장까지 이어 간다.

사형선고를 받은 수녀님들은
다 같이 '마리아 찬미가'를 부른다.
아련히 멀어져 가는 찬미가를 들으며
한 사람씩 단두대의 이슬로 사라져 간다.

한 사람씩 줄어드니 합창 소리도 작아져 간다.
그 가늘어져 가는 소리마저 들리지 않자
관객들은 흐느껴 울기 시작한다.

성지 수리치골 향연

취나물 이름에서
이르렀다는 수리치골

주차장에서
환하게 웃어주시던
두 수녀님
맑고 싱그러운 하늘이듯
밝게 맞아주신다.

하늘거리는
코스모스 향연에
시야를 빼앗긴 사이 일행은 저만치 간다.

야외미사 준비로
줄지어 세워진 해가리 천막들에
수녀님들의
사랑과 노고가 엿보인다.

덕분에
행복한 미사가 시작된다.
원장수녀님의
열정을 다한 성지소개와
아픔이 많았던 박해 이야기에는
선인들 인고의 삶이 보인다.

숙연해하는
신자들의 마음을 갈파 하셔서인지
신부님은 재치 있는 개그로
한 바탕 웃게 하고
일시에
미사분위기로 이끌어 주신다.

약속되어진 것도 아닌데
빈 공간을 찾아
하나의 흐트러짐도 없이
차례차례
엄숙한 성체모시기가 이어진다.

당신과의 만남
그리고
서로의 믿음이 사랑으로 승화되어
우리 모두는 행복해 한다.

다음은 식사 걱정이다.
"음식은 많이 드시되 남기지는 말라."는
콩트로 질서를 잡는다.

불가능하게만 보이던
두려울 만큼 큰 무리의 식사를
한 건의
불평도 없이 만찬으로 이끌어
모두가 만족해한다.

성모칠고의 기도를 드리는 대열과
십자가의 길을 따르는 기도 길로
나누어진다.
집행부 임원들의
사랑과 배려는 여기에서도 보인다.

주임신부님의 사회로
진행되는 퀴즈대회는
이곳의 박해사 교육장이 되어간다.

이 백여 년 전 선인들이 겪어왔던
신유 기해 병오 병인을 의미하는
4대 박해 퀴즈에는
모두를 숙연해지게 한다.

주차장까지의 승차 길에
이색 비닐하우스를 들려본다.

정갈하게 입고 계시는
수녀님의 손에는 호미가 들려 있다.

각종의 채소가
골골이 심어져 있는 것을 보아
일터이고 수녀농군임을
단번에 알게 한다.

그래도 수녀라는 이미지에서 오는
혼란은 있었나 보다.
성직인으로
농군이라는 등식은
아무래도 '아니다'라는 답이었으니

식품에 위협을 주는
장염비브리오라는 병원성 세균을 아실까
마이코 톡신이라는 유해성 곰팡이를 아실까
흔히 농약에서 유발되는 알레르기에 대한 역기능을 아실까
그래 농약은 아예 처음부터 터부시할까

이런 저런
속세의 잣대를 대비해보다가
갑자기 부끄러워짐을 느끼게 된다.

벌레 먹어
절반도 남지 않은 채소들이 있는 게 아닌가.
한 순간의 의심이
비닐하우스를 밀치듯이 떠나게 한다.

귀가길 버스 내에서도
부끄럽고 죄송스러움은 계속 된다.
그곳은
수행으로 여기시는
수녀농군들의 일터였으리라.
생산자와 소비자가 그분들이고

가끔 찾아오는 순례 객들이 다일 테이니
자급자족하는 일터이리라.

과학화된
생명농업은 아니더라도
정성으로
가꾸어진 친환경농산물일 테이니
먹었던 점심식사가
더 소중해진다

수녀님!
행복했습니다.
수리치골향연 고맙습니다.

어농성지 순례길

조선시대 최대의 행사로 화성행차가
을묘 년에 있었다.
그해에
가톨릭박해도 시작되고 있었다.

당시의 어가행렬은 숭례문을 빠져나와
배다리가 설치된 노량진으로 향하고 있었는데
우리는 주엽 성당을 나와
강동대교를 건너 이천으로 향하고 있었다.

어농에 이르니
논밭이 있고
파란 하늘과 넓은 잔디마당이 있다.
그래 이곳을 '농사짓기 좋은 어농'이라 했나보다.

흙길가의 구절초와 쑥부쟁이
그 사이 뒹구는 낙엽 길을 따라 올라가니
저 만치에 해가리 천막들이 보인다.
사목회 임원들의 보이지 않는 배려이리라.

초기교회의 산상미사를 연상케 하는
미사의 장엄함에
내내 숨죽여 일상을 반성하며 예를 마친다.

많은 순교 위를 모시고 있는
깊게 주름 잡힌 통곡의 계곡엔
허망한 바람소리는 온데간데없고
상큼한 풀냄새로
버거운 무리를 맞아준다.

윤유일 동상 앞에는
약속된 것도 아닌데
너나 할 것 없이
현양의 기도를 올리고 있다.

박해로 붉은 피 철철 흘리면서도
"천 번을 죽을지라도 저 십자형틀에 묵이신 분을
모독할 수는 없소."하고 버티셨던 분이 아닌가.

성당 뒷뜰
형구 체험장에 이르니
선인들을 죽게 했던 육모방망이
사형수에 씌웠던 육중한 용수와 몽두
순교자들의 발에 채웠던 소름끼치는 철쇄
그리고
신자들을 형장으로 나르던 달구지가 보인다.

저 달구지 사이로 돌이 던져지고
창이 던져지고
팔다리가 늘어진 채로 시체도 나르던
달구지일거라는 생각에 애달파온다.

순교의 뜻을 기리고 그들의 고통을
조형화 하려 했겠지만
그래도 섬뜩해지는 감정은
그간의 시공도 초월할 수는 없나 보다.

신은 순교자들의
두려워하지 않는 담대한 용기와
태형 앞에서도
흔들리지 않는 믿음을 주셨나 보다.

그 무엇도 위대한 님의 사랑에서
그분들을 떼어 놓을 수 없다는
믿음을 보며
일상으로 돌아간다.

작가와 신부 영혼의 울림

작가는
췌장암을 앓고 있다.
암과 사투하면서도 장편
『낯익은 타인들……』을 태생시켜
수십 만의 독자를 울리고 있다.

그 누구도 버거워하는
종교와 영성이
아름다움으로 노래하듯
우리의 곁에 다가와 있다.

병은 자랑거리도 아니고
그렇다고
감추어야 할 수치도 아니란다.

본인의 치유보다는
오히려
환부를 파헤쳐
세상의 상처를 위로하고 있다.

故이태석 신부님과의 회우
같은 병동에서다.
동병상련으로 마주한

'작가와 신부'의 만남은
짝사랑하다 우연히도 만난
영혼의 울림이었단다.

신부님!
우리 신부님
주소가
서울 ……병원 21층 107호
재산은
농익은 원색 파자마 바지와
열대 원색 티셔츠에
검은 빵모자가 담긴 가방 하나

그 가방을 이웃하며
병상에 누워 조용조용
아주 조용히
밀려오는 통증을 달래고 있다.

음악이 약인가 보다.
아프리카의 전통 음악이란다.
노예시대 위안 받던 흑인영가였을까.
'내 고향으로 날 보내줘'였을까.
아마도 톤즈로 돌아가고파였으리라.

통증이 가시면
햇볕이 따스한 휴게실을 찾았나보다.

'작가와 신부'의 만남
생과 사가 교차하는 만남
지상과 하늘나라가 연결되는 만남

찬란해진 동산에서
그렇게
우연히도 짧지만 포옹한다.
첫 키스 같은
영혼의 울림이었다는 고백이다.

작가는
5차 항암제 치료차 다시 입원한다.
그 주소가 없어졌다.
유일 재산 가방도 없어졌다.

작가는
선종하셨던 그 날을
알지 못한다.

그래도
'작가와 신부' 만남
그 아름다운
교감은
영혼의 울림으로
영원하리라.

파리 노트르담(Notre Dame de Paris)

아름다운 도시 파리
전능한 신의 시대
노트르담 대성당이 있었네.

옛 시테 섬 켈트족 시대가 지고
로마 갈리아 시대가 도래 하고
이윽고 프랑크족 시대가 등단하네.

그들이 가톨릭을 택하니
파리에도 대성당시대가 열리어
성모마리아를
아름다운 사랑으로 노래하네.

피고 지는 세월 속에
영욕을 담으니
생생한 파리역사가 되었네.

음유 시인들도
'대성당들의 시대'를 작품화 하고 노래하니
유수 문인들이 모이고
블랙홀이듯 빨려들어 여객들로
광장엔 매일 인산인해를 이루네.

광장에서 바라본 출입문
주눅 들게 하는 '최후의 심판' 부조로
동선을 안내하네.

입구에 들어서니
눈부신 '장미의 창'이 시야를 압도하네.
횡대로 십여 미터에 이르는 '제왕의 입상들'과
스테인드 글라스가 성서이야기로 무장되어
속인의 마음까지도 정화하리라는 느낌이네.

열주로 구성된 그랜드 갤러리
잔 다르크의 복원재판
나폴레옹의 황제대관식
그리고
빅토르 위고의 장례미사가 열리는
유구한 흔적도 남기고 있네.

이제 특정
종교인들만의 성지가 아니라
이미 초월된
역사 현장이라는 짙은 감응을 안고
메트로 씨테역으로 떠나가네.

내가 읽는 수메르 이야기

지금부터 7천여 년 전
유프라데스 강 유역에는
곱슬머리에 거친 수염으로 얼굴을 반쯤 가린
검붉은 농사꾼들이 살아가고 있었나 봐요.

원시농법이라
항상 허기져
먹을 것을 찾아다니는 게
일과였고요.

혹 시간이 나면
농지를 경작하고 가축을 방목하는
고달픈 원시인들이었나 봐요.

이곳에도
어느 날엔가는
천지개벽이 일어나게 됩니다.
수염이 별로 없는
황색 인종이
예고 없이 나타났던 것이지요.

그들은
청동기문화를 이미 체험하고 터득했던
선민들이었던 것입니다.

고작 돌이나
나무로 만들어 힘들게 사용하고 있던
토착민들의 농기계들이 쇠로 바뀌게 되고
농업생산성 또한 몇 배로 높아져 갔었나 봐요.

그 후부터
이곳의 지배자는
자연스럽게 황색인종이 되고
권력까지도 가지게 되었나 봐요.

점차 먹을거리가 해결되자
에리두 이웃들이 모여 마을이 되고
라르사 바드티비라가 더해져
도시가 되어갑니다.
세계 최초의 도시국가 탄생인거지요.

이때부터 역사학자들은
이곳을
메소포타미아 문명도시라 부르게 됩니다.

메소포타미아 역사에는
고도로 발달된 청동기문화와
흙을 재료로 한 삶의 지혜가 남아 있고
대홍수의 흔적을 남겨
초심의 신자들을 격앙되게도 합니다.

수천수만 년 전의 대홍수 흔적
구약성경에 나오는
노아의 방주를 연상케 하는 대 사건
그래 갈등하는 것이리라.

과연 어떤 관계일까
우민한 필자로서는
감히 범접할 수 없는 성역이라.

다만
40일 밤낮으로 비를 내리신다.
홍수의 심판이다.
산꼭대기까지 물이 찬다.
노아 식구 8명만 구원을 받는다.
당시 아라랏 산에는
거목 송림들이 빽빽했고
역청(송정)이 지천이라
거선을 만들 수 있었다는 믿음이 있을 뿐이다.

그 시대
그 주인공들을
우리는 '수메르인'이라 부릅니다.
과연 어느 곳에서 어떻게 왔을까요.

브리태니커 백과사전에는
"수메르어와 한국어는 동일한 교착어로
그 어원이 같다."고 합니다.

고고학자 크레이머는
"수메르인은 동방에서 왔다."고 합니다.

검은머리 청회색 토기
순장문화 씨름 토착어…….
작가 역시 말합니다.

뜻밖에도
그들은 한국에서 왔다.
그들은 한국인이었다.
그들은 환인의 자손이었다.

민족 이동기에
수메르로 건너 왔던 것이리라.

수메르의 어원도
우리말 '소머리'에서 란다.

또 다른 고고학자는
성스러운 하늘의 강 '송화강'에서
유래되었다고도 한다.

좁은 한반도를 벗어나
대륙을 누볐던 우리 영웅들의
장대한 원정길이 있었으니

우리도 천하제국을
호령했던 때가 있었음이라

수메르 역사가 있고
이제 소설 『수메르』가 있습니다.

그곳에는
단군이전 한민족의 시원이 있습니다.
놀라운 한민족의 판타지가 있습니다.
그리고
우리의 뜨거운 혼이 불타고 있습니다.

좋은 노을은 구름이 반이다

노인을 흔히
저녁노을에 비유한다.
나이가 많아지니
사양길을 의미하리라.

신체조직에서도 세포의 위축과
퇴화가 일어나고
기억력이 떨어지고
운동 중추기능도 떨어져 가니
사회참여도 제한적일 뿐이다.

이런 상황을
알게 되는 시점이 노인이리라.

알면서도 노인은
생리현상마저도 거역하려 한다.

그래
보혈이 된다는 강장제를 찾고
청춘을 탐욕 하는 정력제를 찾고
백세를 욕심내는
불로초를 그리워한다.

그리고 가능하다면
차라리
화려했으면 한다.

저녁노을처럼
사양의 하늘이
벌겋게 물드는 정도의
화려함이었으면 한다.

노을 만들기엔
맑다고 무조건 다 좋은 것은 아니다.
작품 노을은 구름이 반이다.
이렇듯
구름 없으면 좋은 노을도 없다.

노인들의 일상은
구름이고
그늘인 걸.

순교지 절두산

절두산(切頭山)
머리를 무참히도 베어버리던 산
이토록 애달픈 이름이 또 있을까.

교황님께서도(요한바오로2세)
김포공항에 도착하시자
먼저
순교의 땅 흙에 입맞춤 하신다.

절두산
순교의 땅 코리아 양화진
순교하신 선인들의 고귀함을
기리기 위함에서였으리라.

당시 박해의 주역
흥선대원군은
12세에 즉위한 고종의 아버지였다.

따라서 어려움 없이
섭정이라는 정책 결정권과
대원군이라는 칭호까지 얻게 된다.

그는
성리학의 가르침에 따라야
왕권이 안정된다고 믿는 신봉자였고
그에 반하는 게 천주교라고 믿고 있었다.
불행은 여기에서부터 시작된다.

살만인음양술(殺萬人陰陽術)을 믿었다는
기록도 있다.
이는 만 명을 죽여야 권좌를 유지할 수 있다는
음양술이었다.

1866년 2월
프랑스 군함이 천주교 탄압을 문제 삼아
한강을 거슬러 양화진까지 침입해 오는
불행한 사건이 벌어지고 만다.

대원군은
양이로 더럽혀진 한강 물을
신자들의 피로 씻어야 한다며
광기 어린 박해의 칼을 휘두른다.

그로부터
100년이 되는 해에
순교기념관이 들어서게 된다.

원래 절두산은
머리를 높이 든 누에머리 같다고 해서
잠두봉이라 불러 왔다.

당시 무너져가는 정치권력은
이 봉우리에서
사학의 무리를 목 자르고
만여 시체를 강물에 던졌다.

그 아래 양화진 나루터에는
조세곡 수송선과 어물 채소를 실어 나르는
배들이 드나들고
아름다운 풍광을 이루고 있어
풍류객들이
즐기던 곳이었나 보다.

그곳에서 뒤돌아보아
우뚝 솟은 벼랑 위 3층 기념관이
절두산 순교지 성당이다.

접시 모양의 지붕은
옛 선비들의 갓을 상징하고
지붕 위 수직의 벽은
순교자들의 목에 채워졌던 목 칼을 상징하고
미끄러져 내린 추녀는
옛 초가집을 상징하고
이런 하나하나가
아픔의 역사를 웅변해 주고 있다.

기념관에는
교회사 관련 유물과
민속품들이 전시되어 있고
실학자 이벽 이가환 정약용 유물과
순교자들의 유품
그리고 옥고를 치를 때 쓰였던
형구들도 소장돼 있다.

기념관 광장에는
김대건 신부님의 동상이 모셔져 있고
남종삼 성인의 흉상과
사적비도 세워져 있다.

발바닥이 얼얼하도록 돌고 나면
뭉클해 오는 감정에
스스로 침묵하게 된다.
망자들의
메아리치는 통곡을 들으면서.

라인 강 로렐라이(Lorelei)

독일 라인 강 양안
수려한 경관을 찾아
쾰른에서 배를 타고 거슬러 오른다.

옛 수도 본을 거치고
코블렌츠를 지나
굽이 굽이진 물줄기
기암괴석에 위태로운 절벽
장관을 이루고 있는 협곡에 이르자

아스라이 다가온다.
수면 위에
병풍처럼 우뚝 솟아 있는
안개 속의 로렐라이

고개를 하늘로 곧추세워야
겨우 보이는 로렐라이 언덕
예쁘기 보단 거칠고 위태롭다.

배 안에서도
애잔한 로렐라이 민요가 흐른다.
"쌀쌀한 바람 불고 해거름 드리운 라인 강은
소리 없이 흐르고 있는데 지는 해의 저녁놀을 받고서
바위는 반짝이며 우뚝 솟아있네……"

전설속의 로렐라이!
브론드색의 긴 머리 소녀
저녁놀을 받고서야 나타나는 소녀
바위 벼랑에 앉아 긴 머리 늘어뜨린 그녀
긴 황금빛 머리를 큰 빗으로 내려 빗으며
사랑이 넘쳐 애달파진 멜로디로 노래한다.

절벽 아래에선 요동친다.
뱃사람들은
요정의 아름답고
신성스럽기까지 한 노랫소리에
도취되어 넋을 잃는다.
배가 물살에 휩쓸려 암초사이를 곡예한다.
이윽고 암초에 부딪쳐 난파한다.

그래도 시인들은 노래한다.
아름다운 로렐라이!라고.

나 노인 되면 살리라

급하게 울리는
벨 소리만 들어도 가슴이 뛰고
이웃에 다투는
소리만 들어도 외면하게 되고

옆 자기에게 잔소리라도
들을까 봐 전전긍긍하게 되고
격투기를 보다가도
슬그머니 방을 나가게 되고

가슴이 뛰고
답답해 오면 부정맥이라며
침대에 허리를 붙이고 누워버린다.
이쯤이면 노인이리라!

나 노인 되면 살리라.
입버릇처럼
주문해왔던 소망이 있지 않은가.

나만의 공간에 앉아
먼발치의 산야를 바라보며
가을 석양에 외로움도 배우고
시 습작도 하다가

철든 고희에 시집 한권 내
마침표를 찍고 싶다고……

그래도 회한은 남나보다.
비록 병들어가는 노부지만
한 때는 이 땅의 젊은이들이
비비고 일어섰던 언덕이었고
무수히 굶어 죽어가던 보릿고개를
넘겨 놓았던 역전의 실세들이 아닌가.

그런 표상이
후예들의 사표가 되었으면 하는
바람도 남기고 싶다.

알츠하이머성 치매라고

처형의 근황이
애달파
필을 들게 되네요.

강아지에 밥을 주신다.
허겁지겁 잘도 먹네.
배가 고팠나 봐…….

돌아서시더니
쫑이가(강아지이름)
밥 안준다고 보챈다야 하신다.

하루에 한 번 먹는 약이기에
아침 식후에 먹고
별 표시를 하나 하기로 약속이 됐다.
그런데
별이 셋이나 그려져 있네요.

마트에 다녀오시다가
현금 지갑을 거리에 흘렸는데도
찾을 생각을 못 하신다.
다행히
착한 여학생 덕에 경찰서에서 찾아왔다.

저녁을 먹고 곤히 자다가
일어나 서성이신다.
밥 안 해줘 굶었다고 손녀를 다그치신다.

손바닥에 적어둔
현관문 비밀번호를 인지하지 못해
오들오들 떨면서도
손녀 올 때까지
계단에서 서성이신다.

더 이상 미룰 수가 없네요.
그동안
한사코 거부해 왔던
병원 정밀검사를 어렵게 받았다.
알츠하이머성 치매란다.
고희가 된 여동생은
하염없이 눈물만 흘린다.

언니는 나의 엄마였는데
이제 어떻게 하지…….
한숨소리가 문 밖까지 나온다.

언니는
남의 곤경을 외면하던 분이 아니었어요.
힘들고 궂은일은 언제나 소리 없이
도맡아 하시던 분이었어요.
저희에겐 특히 각별했던 분이었지요.

언니의
그 후덕했던 품성이
치매로 허물어져 가는
이 현실을
받아들일 수가 없었나 보다.

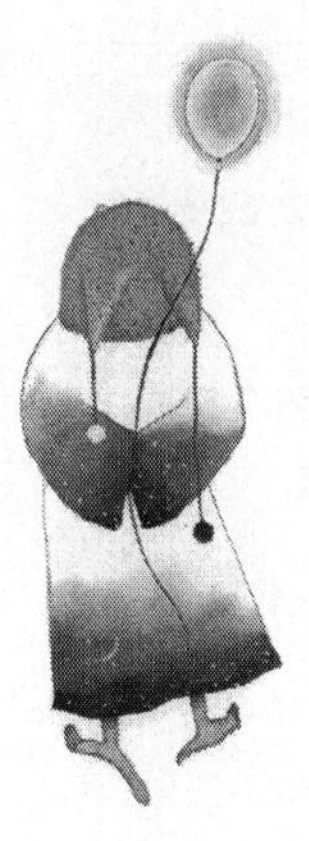

아내의 기도

아내는 기도를 두려워한다.
기도 앞에서는
편안이 아니라 고통이라고 한다.

소 공동체 모임에서는
시작부터 기도들을 한다.
신출내기 신자들도 줄줄이 하는데
아내의 입은 시작부터 경직 모드다.

윤동주 서시 중
"죽는 날까지 하늘을 우러러
한 점 부끄럼 없기를……" 좋아한다.
잎새에 이는 바람에도
괴로워하는 아내이다.

남편은 반대로 기도를 줄줄이 한다.
거짓말도 제법 한다.
능청스럽도록 하고도 후련해 한다.

기도 내용도 지극히 세속적이다.
일상에서의 꺼리를 불러와
믿음으로 화사하게 춤춰낸다.
아내는
"아멘." 대신 "글쎄요."로 화답한다.

그렇지만 아내도
무기력한 자화상에 대해서는 분노하나 보다.
기도는 할수록 어렵고
하고 나면 부끄럽고
할수록 무거운 죄인이 되는 것 같으니

아내는 성당 봉사를 마치고
귀가길 교통사고로
장기 병원생활을 했던 일이 있다.
우선은 병원비 걱정이었고
그 후 치료과정에서의
두려움과 극심한 통증으로
일종의 지옥을 체험했다고 한다.

그래도
이 지옥을 벗어나게 해 주소서!
라고 기도하지 못한다.
기복신앙이 될까봐서다.

남편은 이때도 다르다.
파편 된 골절이 잘 아물게 해 주소서!
통증이 사라지게 해 주소서!
가능하다면
뒷동산에도 오르게 해 주소서!
이게
남편과 다른
아내의 신앙이네요.

펜싱 왕국 코리아

독일 중부
봉건시대의 캠펜(kempen) 성채
성곽 따라 거목 밤나무 숲이 우거져
막상 성채부분은 볼 수가 없네요.

중세 기사거리는 망루가 있는
성문을 지나서부터 시작이다
노드라인베스드팔렌 주
라인 강변 굴지의 중세 성주들과
패권다툼으로 개발되어 온
병기들이 시선을 끈다.

고풍스러운 기사거리
볼거리는 칼 종류가 단연 압권이다.
상가마다에는 칼들이 주렁주렁 매달려 있고
검투 하는 그림과 관련 조각들이 진열되어 있다.

밤거리가 궁금해온다.
밤이 되면 캄캄한 어둠속에 정적이 흐르고
어둠을 가르는 날카로운 빛만이 존재를 알리고
칼과 칼이 부딪치는 소리들만이 들려오는
그 상황이 소름끼치도록 저미어 온다.

중세거리는 높지 않은 2-3층 목조구조에
기둥 사이를 벽돌로 채우고
창문을 나무 격자로 만들어
주민들이 아직도 거주하고 있으니
조금은 위태롭다.

그래도 당시에는
상류층의 주택이었으리라.

검투는
상대를 죽이려는 싸움의 기술이었다.
2층 창문을 열고
목숨을 담보로 하는 검투사들의
근육질을 훔쳐보는 상류층 부인네들에게는
선호하던 거리였으리라.
이곳에서의 칼싸움이
오늘의 펜싱 시원이 되지는 않았을까.

기록에는
고대 이집트 룩소르 검투로부터
로마시대와 르네상스를 거쳐 숙성해 왔단다.

독일 라인 강변 프랑크푸르트에서는
길드조직을 통해 전천후 종합 칼 쓰기 기술을
이탈리아에서는
칼날보다 칼끝 기술을 발전시켜 왔다.

늦게 출발한 동방 코리아에서는
신체적 불리를 빠른 발놀림으로 극복해
마침내는 펜싱 왕국이 되었네.
2012년 런던 올림픽에서…….

독일사람 이야기

독일인 하면 '게르만족'
게르만족 하면 '게르마니아'를 생각하게 한다.
게르마니아는 로마제국 타키투스가 쓴
게르만족 관습에 대한 기록이다.

그러나
근대에 와서는
통치수단으로 악용되어 부정적이다.

나치 친위 대원들이
박물관을 뒤지고 사학자들을 다그친다.
문헌 '게르마니아'를 찾기 위해서다.

이윽고 20세기
최대 재앙으로 꼽히는 나치사상을 만든다.
독일 국수주의운동이 시작되고
독일민족 지상주의로의 이데올로기적 기반을
여기 게르마니아에서 얻어 낸다.

게르만족의 순혈성을 앞세워
충성심을 이끌어 내고
강인하다는 자존으로 전장에서 진격하게 한다.
더 우려스러운 것은

다른 인종은 열등하다 가르치고
그중 유대인과는 혼인까지 금지시킨다.

오로지
여기까지의 선입관으로
뒤셀도르프 공항에 내려
독일 중부 캠펜 시에 정착한다.

우선해서
신성로마제국 시대의 느슨한 테두리 안에
공존했던 수백의 봉건 성채들을 통해
독일을 알고자 했고

주말이면 구시가 광장에 나가
파시를 이룬 재래시장의 토속적 풍습에서
독일인의 인성도 들여다 보려했다.

정장을 한 노신사가
장바구니를 들고 시장 보는 모습
경찰관이 정복을 입은 채
장바구니를 들고 부인 뒤를 따라다니는 모습
친지들끼리 술을 마실 때도 제 각각 먹은 만큼
술잔 받침에 체크했다가 각자 지불하고 헤어지는 모습
회사 중역의 차가 중고 폴크스바겐인데
노동자의 차는 신형 벤스300이어도 허물이 되지 않는 상황

한국적인 의식구조 속에서 굳어진
우리 여객의 눈엔
아마도 별 볼일 없는 놈팡이로 보이기 십상이다.

그러나 그들은
한 가정을 이끌어가는 훌륭한 가장들이다.
이것이
곧 독일인이리라…….

바리스타 찬가

나의 습작시간은 이른 새벽이다.
그럴 때면 당연시
커피 잔이 옆에 놓인다.
그 향을 맡아야 글이 되던 습관이
이제 버릇이 되었다.

악마처럼 검고
지옥처럼 뜨거우며
사랑처럼 달콤하다.
18세기 프랑스 지식인들의
커피에 대한 찬가라지.

이제 먼 극동 한국에서도
커피 향에 관심이 뜨겁다.
바리스타들의 작품인거지.

바리스타는
커피를 잘 만드는 사람이다.

우선 좋은 원두커피
원산지에 따라 풍미가 다르기에
바리스타는
커피 고르는 감별사다.

물은 얼마를
온도는 어떻게를
디자인 한다.
손놀림이 처방에 따르면
커피 맛이 마술처럼 달라진다.
바리스타는 예술가다.

카페에는 사연들을 품고 온다.
기쁨보다는
아픔이 있고 상처들이 있다.
다친 마음을 보듬어 주고
위안으로 응어리를 녹일 수도 있어야 한다.
바리스터는 카운슬러다.

과학도 있다.
위가 쓰리다는 손님에겐
커피를 끓여 내리되 식혀서 드린다.
소화를 방해하는
타닌성분이 덜 나오게 함에서다.

심장이 두근거려 걱정하는 고객에겐
낮은 온도의 물로 내리되 따뜻하게 데워드린다.
카페인이 덜 우러나게 함에서다.
바리스타는 과학인이다.

독일 파더본 태권소리

북부독일 파더본 시 중앙로
차렷!
사범님께 경례!

발차기 시작!
앞차기, 뒤차기, 돌려차기!
뒤 후리기, 찍어 차기, 그만!

순수 우리말이
쩌렁쩌렁한 소리로
건물을 울려 거리로 퍼져 나온다.
송관장의 지도 소리다.

자국 언어에 자존심이 강한 유럽
그 한복판에서
한국말이 통용되는 곳이 있으니
충격이 아닐 수 없다.

태권도는 발의 예술이다.
우선은 직선이다.
그리고
붕 돌아 회전해 차기도 하고
갈고리처럼 굽혀 찍기도 한다.

발차기는
순간 찰나를 중시한다.
발모서리에
기를 모으면 비수가 되어
바람처럼 빠르게 타격지에 꽂히고
그때의 파괴력은
바위라도 부숴버릴 듯 엄청나다.

발에는 눈이 있다.
타격 위가 정확해야 하기에
거리 눈 계산이 빨라야 한다.

그 외로 태권도에는
숨어 있는 진실도 있다.
싸움을 하지 않고 이기는 거다.
이때의 발짓은
사랑 배려 관용의 신호이니
싸우다가도 그칠 줄 아는 무예다.

또 하나 태권도는 예(禮)이다.
예에서 시작해 예에서 끝나야 한다.
예가 빠지면
그것은 곧 싸움이기에…….

낙 엽

갈잎
가을 오면 아파 운다.

잎 몸에
속히 마르도록
물주기를 거부해야 하고
잎자루에
쉬이 떨어지도록
근육질을 뺏어야 하고
잎파랑이에
사뿐히 내려앉도록
감량시켜야 기에 안쓰러워 운다.

가지를 떠난 갈잎
햇볕 받으며 거리를 수놓다가
바람에 이리 뒹굴 저리 뒹굴
결국 아저씨 손에 모아져
농원 길 여행 갔다가

따뜻한 손길 타고
마지막 향기 되어
대지 식구 되려 겸허히 기다린다.

눈 그치고
얼음 녹는 봄소식 들리면
대지라는 모태로 회귀해
그제야 빙긋이 웃는다.

세상이 다 도적이리

때는 14세기
로마제국의 저력을 깔고 일어선
이탈리아 공국들은
재기할 걸출한 새 지도자를
고대하고 있었다.

메디치가문의 등장이다.
수반으로
정치 경제 권력까지 쥐게 되는
전천후 권력 가문이 된다.

주어진 권력과
이미 축적된 개인 재산은
문예부흥 사업과 대중에게로 돌린다.

이렇게까지 되기엔
메디치가문에 '신뢰와 겸손'이라는
지고의 철학이 있었다.

피렌체 서민들이
괴리감을 느끼지 않도록
흔한 마차조차 타지 않고
한사코 걸어 다닌다.

점차 피렌체는
르네상스 중심지가 되어
레오나르도다빈치, 미켈란젤로와 같은
걸출한 예술가들이 모여들기 시작한다.

당시
우리나라는 조선조가
출발해 20대 경종에 이르는 기간이다.

그간에는
권력을 차지하려는
수차의 정변이 있었고
나라 자체를 잃을 뻔했던
임진왜란과 호란이 있었다.

그리고 홍길동과 같은
의적의 활동도 빈번해
백성들의 생활은
빈약하기 그지없었다.

그런데도 고을 수령들은
떠날 때마다
청렴을 위장하기 위해
반강제적으로 송덕비를 세우게 한다.

좋은 예로
과천현감의 송덕비 일화가 전해오고 있다.

발령을 받아 떠나는 날
천으로 덮인 송덕비 막을 걷어내자
"오늘 이 도적놈을 보내노라(今日送此盜)."라
새겨져 있는 것을 보고 깜짝 놀란다.

그러나
반성하기 보단
"내일 또 다른 도적이 올 것이다(明日來他盜)."그것은
"세상이 다 도적인 탓이다(此盜來不盡)."라 하더란다.

오늘의
부정부패의 뿌리가
이렇게도 깊고 오래였으니······.

쾰른 대성당 이야기

독일 중부도시
쾰른 광장 입구에 이르니
성당규모의 장엄함 그에
압도되어 동작 하나 허투루 할 수 없네요.

고대도시 쾰른의 뿌리는
기원 초 로마제국시대
그들의 식민시대에 기초하고요.

로마인들의 식민도시로 출발해
기독교 문화와 선진 문화의
보급기지로 역할을 해왔던 곳이네요.

그러나 중세에 와서는
늘어나는 상인들과 귀족들 간의 갈등으로
도시자체 존속이 어려웠던 시기도 있었지요.

제2차 세계대전시에는
도시의 팔 할이 파괴되었고요.
와중에서도
쾰른 대성당만은 피해를 입지 않아
어렵사리 제 모습을 보존할 수 있게 되었네요.

오늘엔
세계고딕건축의 정수를 보이는 곳으로
대주교좌 교회가 되어 순례 객이
매일 인산인해를 이루네요.

서쪽 입구 코르는
높은 창문 스테인드글라스를 통해
성서내용을 환상적으로 투시해
모두를 신비감에 빠지게 하고요.

회당에는 중세형 회랑을 두어
순례자가 내부의 의식과는 관계없이
회당 안을 돌아 볼 수 있도록 배려하고 있네요.

제단을 둘러싼 회랑 외곽에도
방사형으로 고만고만한 예배소를 두어
순례자들의 소그룹 미사요구에도 응하고 있네요.

북문의 보고에는
중세 이래 십자가상, 성체현 시대,
성배 등 성유물들이 전시되어 있고요.

발길을 중앙으로 돌리면
입립한 돌기둥과 높아진 천정에 매료되어
한동안 상황에 빨려있게 되네요.

이곳은 르네상스 풍으로 만들어진
강론대가 있는 방형의 공간인데
황제가 앉아 미사를 보던 특정의 공간이었대요.

그 뒤에는
수호성인 '성 삼왕'의 유해를
안치해 절정을 이루게 하네요.

왕따 아이

여기는
태권도체육관이다.

엄마 손에 끌려온 어린이
잔뜩 겁에 질려 있다.
관장 손에 넘겨져도 말이 없다.

승현아! 여기에는
너에게 욕하는 사람도
너를 괴롭히는 또래도 없단다.
찰나의 반응이다.
"학교에선 때리고 욕해요." 한다.

요약해 보니
무시로 때리고
매사에 시비하며 욕하고
물건도 튀어 보이면 빼앗으니
죽고 싶었단다.

그래도
그들은 장난이란다.

엄마도 말한다.
학년이 올라갈 때까지

참아도 보았지만
아이에 가해지는 수모는 계속 되더란다.
뜻도 모르는 욕설들
부모까지 들먹이는 면박

이건 폭력이다.
관장이 나선다.
승현이에게 '자신감'을 숙제로 한다.
수년이 될지도 모르는 장기 숙제를 주고
그날부터 '자신감 만들기'에 들어간다.

일 년쯤 지나 후배들을 가르치는
지도자가 되자 적극적인 어린이로
발전해 간다.
학교에서도 변화가 감지된다.
부당함에는
"안돼."라고 말하더란다.

오늘의 왕따 문제는
어른들에게 일차적 책임이 아닐까.
인성교육이 사라진 교실
학벌중심주의에 매몰된 학교
타락한 방식으로 꾸려온
부당한 사회를 있게 했으니

그렇다
폭력이라는 수단을 통해
세상과 소통하도록 가르칠 수는 없다.

하얀 장미꽃

성모님은 꽃이십니다.
외떨기로 피어도
향기 나는 꽃이십니다.

하얀 꽃잎마다에
사랑을 듬뿍 채운
장미꽃이십니다.

남프랑스 루르드에 발현하셨지요.
하얀 장밋빛 소복차림에
사랑의 묵주를 보여주셨네요.

포르투갈 파티마에도 가셨지요.
떡갈나무 밑에서
맨발의 기도로 감동을 주셨네요.
이때도 하얀 소복을 입으셨고요

왕정이 무너지고 수도원이 박해 받던
프랑스 혁명기에도 '카타리나'에
힘내라 응원해 주셨지요.
그때도 하얀 소복차림이셨네요.

이렇듯
성모님은
향기 품은(성령) 하얀 장미꽃으로
환자를 일어서게 하셨고
부당한 권력 앞에서도 맞서 주셨고
부자이기보단
가난한 자 편에 서 힘을 주셨네요.

바닷골에서 엑스포 열리던 날

살아 있는 바다
숨 쉬는 연안
남해 바다 여수 골에서
꿈의 항해가 시작이다.

길행은
여수로 트인
황금물결 따라
바다에 다 가서야 내린다.

맑은 해변의
모래위에 이는 물무늬
그렇게 퍼져오는 환영합주곡
해상무대 빅오(Big-O) 있음을 알린다.

"바다와 인류의 아름다운 공존
자연과 문명의 조화로운 상생."
대통령의 축시와 함께
스카이타워에서 뱃고동소리를 내며
엑스포 개막을 알린다.

축포가 터진다.
퍼레이드와 오케스트라
흥거움과 감동의 무대

펑하는 소리 신호가 되어
형형색색 불꽃도 쏟아져 내린다.

물안개의 등장이다.
워터스크린 디오에 불꽃이 걸리자
무지개 빛 레이저가
여수 앞바다를 온통 수놓는다.

해상분수도 거든다.
노래를 입혀
심미의 극치를 이룬
환상의 불빛을 쏘여 장관을 이룬다.

안개 속에
미래의 소녀가 떠오른다.
물과 빛이 만나 탄생시킨 아이다.
파괴된 바다를 되살리고
인류와 자연이 공존하길 바라는
인류의 미래를 형상화 했으리라.

바닷골 여수여!
그대를 통해
생명 생태 인간의 어울림을
터득해 인류의
새로운 메시지를 안고 돌아가네요.

굶어 죽은 시나리오 작가

일산 아라리

설을 앞두고
작가 '최OO' 이라는 이름이
온라인상을 뜨겁게 달구고 있다.

암울했던 중세도 아닌
21세기에 와서
굶주림에 죽은
고작 32세의 젊은 작가가 있었으니

그 선량의
안타까운 사연에
무기력해 지고
허망해짐은 필자만 일까.

죽음에
학식과 배경이
무슨 소용이 있을까마는
그래도 충분한 재능과
능력을 갖춘 시나리오 작가였다는
아이러니 속에
혼란은 깊어만 간다.

현관 문짝에는
"며칠 새 아무것도 못 먹어서
남은 밥이랑 김치가 있으면
저희 집 문 좀 두드려 주세요."

실력과 열정을 지녔지만
무기력하게 죽어가는
시나리오 작가의
산 자에게 남기는
마지막 유언이었으리라

매정한 세상이다.
보고도 지나만 간다.

그래도
다른 한 여인이 있었으니
월세살이의 아픔을 아는
또 다른 세입자였나보다.

김치밥을 들고 들어가다.
싸늘한 냉기에 오싹해 한다.

단칸방에는
채 마르지 않은 수건이
딱딱하게 얼어붙어 있다.
이미 가스가 끊긴지 오래여서
취사흔적도 없다.
마실 물도 남아 있지 않다.

능력 있는 시나리오 작가였지만
현실의 벽에 좌절하고
이렇게 비극적으로 요절하고 말았으니…….

당신이 남긴 메시지는
산 자들이
짊어져야 하는 빚이네요.

침묵(沈黙)

가시던 날 아침
온 누리에
봄비가 촉촉이 내리네요.
차츰
줄기가 되어
땅과 하늘이 이어지네요.

톡톡 빗방울소리
승천 메시지가 되어
그 줄기타고 올라가네요.

올라가다 뒤돌아보기를
수백 번
그렇게 전해진 열반소식은
청천의 병력이었네요.

어찌하여
그렇게도 바라던 '흠 없는 사회'를
미처 보기도 전에
훌쩍
돌아올 수 없는 길로
떠나시나요.

봉화산이
안타까워 애태워 울고
북한산이
서글픔에 진동하고 있네요.

불모의 풍토 속에
지역차별을 없애고
부조리가 행세하는 모순을 없애
진정 사람 사는 사회를 만들려던 게
일념이 아니었던가요.

그 일념으로 점철해온
족적들을 남기고
그렇게도
애착 많은 이 땅을
훌쩍 떠나버리셨네요.

당신은
우리시대의 특별한 지도자였습니다.
모두를 이끌어가는
원숙한 경륜가는 아니더라도
감동을 주는 바른 실천가였습니다.

아둔한 우리가
죽음을 각오하고
동이 트는 첫새벽에
절망과 슬픔을 딛고 봉화산으로
터벅터벅 올라가는
그 마음을
어찌 제대로 헤아릴 수 있겠는가.

유명을 달리한 당신
이제 어찌 하오리오.
생전에 지향했던 '흠 없는 존재'의 철학을
이해하고 따르렵니다.

모내기 새꺼리

시계가 흔치 않아
닭 울음으로 하루
시작을 가늠하던 때이다.

새벽을 알리는 울음
어데서고
하나 울면 따라 운다.

첫닭 울음 놓치고
둘째 닭 울음에 꾸물거리다
셋째 닭 소리엔 자리차 일어난다.

담 넘어로 들려오는
분주한 울림들
품앗이 모으러 다니는
소리꾼 발자국 소리다.

간전댁!
오늘 모 심소
밥 먹고 얼른 오시오!
새벽부터 품앗이 알리는 다급함이다.

모내기로 허리 휘고
허기질 무렵이면
새참 나르는
아낙네들 발길이 바빠진다.
함지박에 새참 이고
아슬아슬
논두렁길 잘도 탄다.

흥건히 젖은 몸을
논두렁 물에 대충 씻고
우선해
막걸리 한 사발씩 들이켠다.

국수가 아니면 수제비고
감자가 아니면
상추쌈에 비빔밥이다.
모두가 꿀맛이란다.
에너지 얻자
모 심기에 다시 속도가 붙는다.

품앗이는 서로 간에
품을 지고 갚는 일이라
다음 품앗이 집을 정하면
오늘의 모내기도 끝이 난다.

새 집

봄이 오면
꽃샘바람이 분다.
도로엔
나뭇가지가 잔잔하게 부러져
나뒹군다.

무슨 까닭이 있어선가.
새들은 반기는 기세다.
부리로 물어다 나른다.

그러다가도
날씨가 좋아지면
오히려 쉬엄쉬엄이다.
바람 불기를
더 센 바람이기를 기다린 건가.

샛바람이다.
날갯죽지에 에너지를 몰입해
죽을힘으로 바람과 싸우며
집짓기에 열정을 다한다.
얼마나 힘겨운 작업이겠는가.

그래도
새들은 희희낙락이다.
까닭이 있어선가.

하절기 강풍이다.
나뭇가지는 형편없이 불어져 뒹군다.
그래도
새집에 알들은 그대로인 걸.

낭만의 도시 하이델베르크

가능하다면
원칙을 지키려 한다.
되도록이면
정직히 말하려 한다.
가능한 한
자연에 자국을 남기지 않으려 한다.
그들이 독일인이 아닐까.

이미 700여 년 전에
넥카 강 안에 하이델베르크대학을 설립하고
인문학 교육을 통해
질서와 인성을 중시하는 사회를 지향해 왔으니

옛 다리를 건너야 대학이 있다.
다리 아래에는 유유히 넥카 강이 흐르고
강 건너에는 푸른 숲과 오렌지 빛 지붕들과
고풍스러운 건물들이
여객을 포근히 맞아주고 있다.

옛날에는
대학 내에도 사법권이 있었을까.
교내 학생감옥 있었음을 알리고 있다.

성모상을 뒤로하고 고성만 바라보고 오르니
어느새 허물어진 성채들이 눈앞에 선다.
이웃 프랑스와의 전쟁이 심했나 보다.

와중에 성채들이 파괴되고
망루들은 벼락으로 주저앉았다.
우리 같으면 복원했을 법도 한데
역사적 사실을 말하려는 건가.
그대로다.

건축양식도 역사적 유물이듯
고딕-바로크-르네상스양식의 혼재로
그 유구한 세월을 말해주고 있다.

성벽 따라 돌아본다.
아래로는 고풍스러운 구시가지가 들어온다.
건물 사이사이로 조망되는 시가지
그 길을 한가로이
걸어보니 사색하게 되는구나.

그래 여기를 청춘과
낭만의 도시로 인식하게 되었나 보나.

동이족의 후예 양궁

상고시대
활쏘기 금메달은
당연히 동이족 차지였으리라.

발이 빨라 잘 달리고
허리가 유연해 춤 잘 추고
목이 길어 노래 잘 부르고
팔 힘이 좋아 신궁까지 다루던
동이족
동북아시아를 호령했던 선인들이다.

공자도 칭송했다지.
동이가 사는 곳은 군자의 나라다.
부모에 효도하고 사자에도
공경을 다하는 동방의 예의지국이라.
상을 당하면 조(弔)를 표시한다고…….

조는 활(弓)에
화살이 장전된 모양이듯이
동이족들은
부모상엔 해를 넘기고도 슬퍼하고
밤새워 산야의 묘를 지킨다.
공포의 밤 위기를 넘기려
'활'이라는 무기까지 고안해 낸다.
오늘의 양궁 시원이리라.

아시아 대륙을 지배하던 한족들조차
두려워했던 동이족
그들의 피가 흐르고 있는
신궁의 나라 코리아
어찌 장하지 않겠는가.

태풍 볼라벤에 텐빈과 산바까지

우리도
어찌할 수 없이 미물인가 보다.
태풍
'볼라벤'에 놀라고
따라온
'텐빈과 산바'에 울고 있다.

태풍 이야기는
이미
삼국시대부터 등장한다.

당시에도
지구의 자전을 알았을까.
거기에 태양 주위를
공전한다는 것도 알았을까.

그래 밤낮이 생기고
지역에 따라
열이 달라진다는 사실도 알았을까.

아마도 이 열의
불균형이 태풍에 근원이고
남쪽 열대해가 그 고향이라 여겼나보다.

당시에도 용왕을 달래는
풍어제를 남해안에서
초여름부터 올리고 있었으니

태풍에는
낮출 줄 알고
굽힐 줄 알아야 산다.
겸손하지 못한 나무는
거목이라도 쓰러진다.

태풍은
기다리지 않아도 온다.
본성에 따라
태풍답게 살아가는 것뿐이다.
그러니
울면서도 증오할 수가 없구나.

피렌체 천국의 문

적갈색 둥근 지붕
웅장한 자태로 버스 차창에 와 닿는다.
토스카나 지방
피렌체임을 알게 한다.

피렌체 두오모 성당
장엄하다.
웅장하다.
아름답다.

거대한 지붕의 무게감에
우선 놀란 건가.
놀랜 토끼눈이 되어
입이 안 다물어진다.

고딕 양식이라고……
쾰른 대성당을 보고 왔는데
외모에서부터 다르다
삼천여 점의 조각 작품을 조합해
표현하다보니 그렇단다.

이름 하여 두오모 성당
'꽃의 성모마리아'를 의미한다.

175년이라는 세월을 두고 피워 온
성모마리아 두오모 성당

외벽은 대리석
모자이크로 장식되어 있고
내부는 고딕 아치형 천정
아치들로 받쳐져 있다.

'천국의 문'이 단연 압권이다.
동향(東)인 천국
부챗살처럼 내쏘는 아침햇살에
찬란해진 '천국의 문' 황금판에
구약성서를 상징하는 신앙이 펼쳐온다.

르네상스 시대가 열리는 순간이다.
조각가 '로렌조 기베르타'
천재작가 '레오나르도 다빈치'
그리고 '미켈란젤로'가 열정으로 부상한다.

미켈란젤로는
혼을 르네상스광장에도 남긴다.
그의 영원한 아이콘
다비드 상을 세워
꽃처럼 아름다운
피렌체시가를 내려다보게 하고 있다.

수용소 닥하우(Dachau)

녹슬고 허름해진
철조망…….
수용소에 갇힌
유대인들의 제지된 움직임을 보게 한다.

요철 되고 흐릿해진
경계선…….
지배하는 자와 지배를 받는 사람
죽이는 자와 죽임을 당하는 사람
때리는 자와 맞는 사람
독가스를 주입하는 자와 흡입을 당하는 사람
생체실험을 자행하는 자와 당하는 사람
가해자의 불안과
피해자의 처절한 몸부림의 전율을 느끼게 한다.

모퉁이에 무심히 버티고 있는
콘크리트 외벽…….
총살시키던 현장 방호시설이란다.
얼마나 많은 사람이 총알받이가 되었을까.
지금도 총알 박힌 구멍이 듬성듬성한 걸

사람의 악행이 어디까지인가.
그래도 부족해
형장과 화덕이 연계된 사형장이
거대한 독채로 또 있구나.

숨구멍으로 밀실을 들여다본다.
침실인가 보다.
누우면 가득 차는 침상
움직일 수 없는 또 다른 고문 틀이었나.

닥하우 하늘은 높고 맑다.
끊임없는 화창함이
아이러니컬하게도 아름다우니

아마도 진심으로
뉘우치고
사죄하려는 독일인들의 자세 때문이리라.

작가 후기

섬진강 안 작은 마을에서
빈한하고
남루한 어린 시절을 보낸다.

위아래로 쌓인 형제들 속에서
먹이 싸움질하며
용케도 커 왔던 어린이다.

보이는 대로 먹다보니
영양 불균형으로 아랫배만 불룩 나와
앓기만 해도
잠에 빠지곤 하던 어린이다

그 아이도 어느 날엔
양지바른 모퉁이 잠
꿈속에서 새 세상을 만난다.

문밖 탱자나무 밑에
돋아나는 여린 생명력에서
세상을 찾다가
어느새 여름이 오고

텃밭 감나무에
영글어가는 열매에서
세상을 찾다가
어느새 가을이 오고

물들어가는 동산
올레길에
켜켜이 쌓이는 낙엽소리에서
세상을 찾다가
어느새 겨울이 오고

바람에 밀려
삐걱거리는 문소리에서
세상을 찾다가
어느새 봄이 와 눈을 뜬다.

그렇게
해를 거듭하며 자라가던
어린이가
소년이 되자
동구밖 '구릉고개'까지
세상을 넓혀간다.

그 고개도
사춘기가 지나자 제 발로 넘어
벗어나고 만다.
그 아이가 올해 칠순이다.

이제 성숙한 듯싶었는데
어느 날부터는
가슴이 답답하고 메스꺼워 온다.
심방세동 부정맥이란다.

여기까지가 나의 지난했던 성장이고
내 평생 묵었던 것들이다.
그래
어쩌면 시(詩)라기 보다는
내 숨결이리라.

그 간에 맺어온 인연들에
감사드립니다.